U0076150

天下篇，逍遙遊
七星劍，葫蘆酒
你就這樣長身去了江湖
自天涯滄桑風塵回來的你
大鐘鳴鼓，琴瑟竽笙
高台厚榭，邃野之居
或人何在？或人何在？
你又帶書攜酒配劍
從眼前到天涯，一路過去

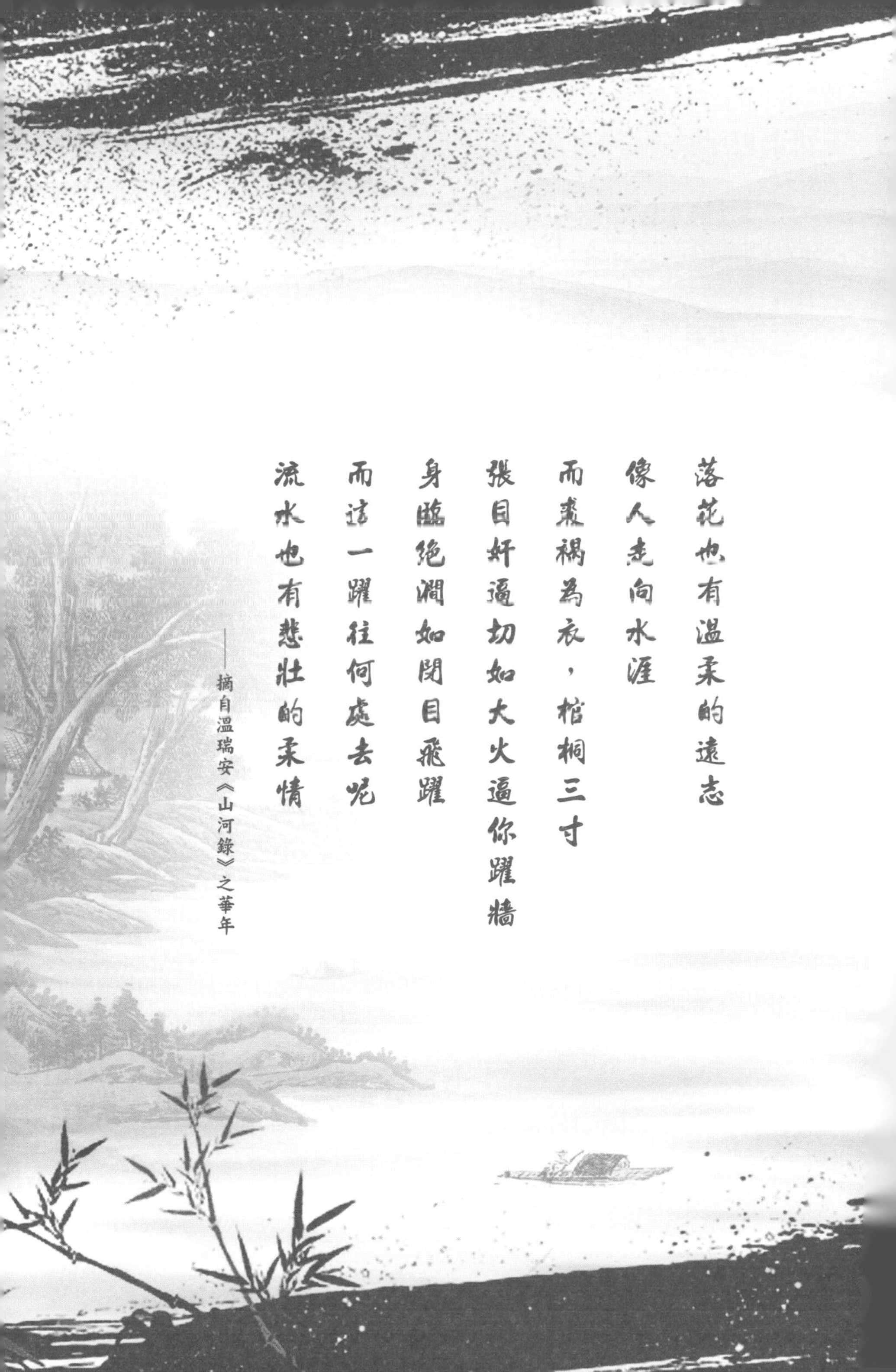

落花也有溫柔的遠志
像人走向水涯
而袞褐為衣，棺桐三寸
張目奸逼切如大火逼你躍牆
身臨絕澗如閉目飛躍
而這一躍往何處去呢
流水也有悲壯的柔情

——摘自溫瑞安《山河錄》之華年

四大名捕走龍蛇 4

【開謝花】大結局

武俠經典新版

四大名捕系列

溫瑞安 著

四大名捕系列

四大名捕走龍蛇

第四冊 開謝花

目錄

第一部 雨迷人和堂 倦慵人離意

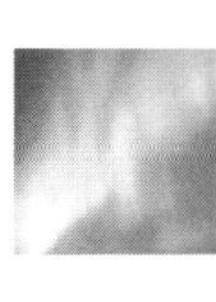

第一回　雨中怪客

一

「轟隆」一聲，一道蒼白的閃電，劃破了綿密勁急的雨幕，乍亮了起來，照得藥鋪上的橫匾「人和堂」三個字，亮了一亮。

就在這時，雨中的男子正好抬頭，對匾牌看了一眼，黑雲層裡的電光，透過雨障，也在他臉上映亮了一下。

這是一個落拓漢子，下肥長滿了密集粗黑的鬍碴子，眉宇間有一種深心的寂寥感覺，可是他的一雙眼睛——他的眼睛是明亮的、年輕的、充滿笑意和善意的，還有那種教美麗少女怦然動心的多情深情。

那漢子在閃電的一剎那，抬頭疾看了街角藥鋪的招牌一眼，這一剎那的神情，卻是深思的。

只見他的嘴唇微噏動了三下，像把那藥材鋪的名字默念了一遍似的，然後他低頭疾行入藥鋪。

就在他快靠近藥鋪階前屋簷之時，鼻際已可以嗅到一種強烈的煎藥香味，他可以看到密簾雨後藥店裡有幾個人。

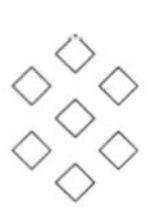

一共是四個人。

在密密麻麻，一個方格又一個方格，方格上嵌有斑剝小巧的銅鎖環扣的藥櫃前，是穿葛布長衫的老掌櫃。

坐在方櫃檯側，一面搗杵盅藥一面打著呵欠的，是布履草鞋的藥鋪夥計。

在一方小几前瞑目煎藥，不時輕咳幾聲，在懷裡掏出一白絹巾揩拭嘴邊的是大夫，而在他身邊操刀切藥材的是衣洗得月白，有幾個補釘的藥僮。

一切都很正常。自這家藥鋪開張以來，一直是這四個人操持。穿葛布長衫的老闆開藥鋪，請來一個懶夥計煉藥，一個大夫替人診視即時配藥，還有一個小廝幫些薪火煮熬的活計。

藥鋪沒有不妥，這四人也很正當，不妥的是將要來這藥鋪的人。

漢子似乎微微喟息了半聲，正要舉步往藥鋪走去，忽然，有三個人簑衣雨笠，疾自街角行近，雨笠壓得雖低，但掩不住欲透雨笠而射的厲目，簑衣裡一襲玄青勁裝，魚皮密扣，海碗口粗的拳頭，拳眼上長滿了厚繭，拳背上賁布了筋骨。

三人步調一致，一到藥鋪之前，一個人往內走到櫃檯前，沉聲說：「白蒺藜、黑芝麻、女貞子、沙苑子各五錢。」

掌櫃笑道：「敢情府上有人患了惡瘡麼？不如多加三錢枸杞子、赤芍白芍、覆盆子和川芎，以水煎服，滋肝補腎，必見神效。」那人低沉地應了一聲，另外兩人，一個已走到煎藥處烤火，另一個則在階前坐了下來，似是避雨。

大漢一看，知道三人一前一後一中鋒，把藥鋪三大活路堵死，略一躊躇，掌櫃見有人在門外淋雨，便揚聲叫道：「那位過路的大爺，不買藥不打緊，進來焙火躲雨吧，省得涼著了感冒傷風。」

漢子應了一聲，那階前的簑衣雨笠人迅速的抬頭，兩道冷電也似的眼光，望了他一眼——只望了他一眼，便又笠垂額眉，不再看他。

漢子正待往藥鋪行去，忽聽一陣玎瑯清響，街口處轉出一頂轎子，抬轎的兩個人一沉一伏，走得極快，足履上濺起老高的水花，片刻便到了藥鋪前。

轎旁的一位丫鬟打扮的女子吩咐一聲，轎子便擇階前較乾處放了下來。漢子看見那丫鬟著水綠色的衣衫，皓腕纖手上戴著一金一翠玉的鐲子，翻動著玎玲清響，很是好聽。

只見丫鬟「霍」地撐起了傘，在綿亙哀愁的雨中看來，那丫鬟十五、六歲年紀，但是秀麗清甜，嘴角浮著淺淺的笑意，一張瓜子瓣兒臉芙蓉也似的，教苦愁的人看了如飲冰糖，哀傷的人看了開心起來，孤獨的人看了好像有了個乖巧柔順的女兒在身邊。

漢子卻看見轎子裡，有一抹緋紅色的衣襬，伸了一角出來，丫鬟一手撐傘，一手掀開繡著仙雲掩遮神蝠翩翔的轎簾。

轎裡先緩緩遞出一雙粉紅色的繡鞋，那動作是那麼幽雅輕柔，使得疾雨也變成雨粉似的柔和了起來，接著，簾裡又伸出了一隻手，搭在轎前。

那隻手纖巧秀氣，五隻修長的指甲塗著淡淡的鳳仙花汁，這手的主人敢情是嬌慵無力，所以要搭著轎前的横木，才能走出來。單止這輕柔的動作，使得藥鋪裡的每一個人，都生起了上前去扶她出來的感覺。

只聽轎裡的人說：「小去，到了麼？」這聲音清脆堅定，帶三分英氣，像一口絢麗奪目的寶劍沖著澗溪一洗，更是金英紛墜，映日生輝。這語音幾可以勾勒出成熟女子卻帶嬌憨的輪廓來。

丫鬟腮邊曳著淺淺的笑容，「小姐，到了。」

這時「人和堂」藥鋪的老闆叫了起來，興高采烈的迎將過去，「離離姑娘來了，離離姑娘來了，離離姑娘真是風雨無阻……阿又、七十，還不奉茶出來！」

煎藥僮子應了一聲，到後堂倒茶去了，夥計也勤快地用毛帚子在已經磨得烏亮的老舊紫檀木椅上揩來揩去。

漢子卻和剛從轎子裡俯身出來，鑽到青衫丫鬟小去撐起的油紙傘下的女子打了一個照面。

陰霾雨氛中，傘影下一張芙蓉般姣好的臉，纖巧的身腰，緋色盤雲羅衫襯紫黛褶，腰間束著黑緞鑲著滾金圍腰的扣子，纖腰堪一握，女子嬌慵無力的挨在青衣婢女身邊，眉宇間又有一種嬌氣和驕氣，混和一起，使得她艷，使得她美麗，像紅燭在暗房裡一放，照亮而柔和，並不逼人，但十分十分的吸引人。

女子也彷彿瞥見漢子，低低跟小去說了一句什麼話似的，兩人衣裙裊動，步履不濺水花地進入了藥鋪。

漢子呆得一呆，抓了腰畔的葫蘆，骨碌碌的喝了幾啖酒，然後大步走入藥鋪。

藥鋪老闆這時正在躬誠招待那叫「離離」的小姐，看情形她不但是大客戶，也是老主顧，她桌上正端上一杯清茶，幾片帶綠意的茶葉浮在茶面，茶杯煙氣裊裊幾抹，更顯得外面寒、裡面暖。

漢子一進藥鋪，夥計懶洋洋的問：「客官有什麼指教？」

「借地方躲雨。」

「躲雨的客人來躲雨，一樣是客人，阿又，快拿凳子給人坐。」老闆在忙中不忘如此吩咐。

漢子在竹凳子上坐了下來，煎藥的文士只望了他一眼，就揭開藥蓋子，一股強烈帶涼澀的藥味撲到鼻端，文士喃喃地向僮子說：「好藥。」

僮子面無表情，就像陰澀的天氣一般懶閒，隨口應道：「藥快好了。」

漢子拔開葫塞，喝了一大口酒，辛烈烈的酒暖和了胃，身上的濕衣近著爐火一烘，微微透出水氣來。灶裡的火燒在溢瀉出來的藥泡子上，發出滋滋的聲音。

灶火映在女子頰側，酡紅如一朵晚開的玫瑰。

女子卻始終沒有再回頭望漢子一眼。

就在這雨下得寂寞，爐火燒得單調，藥味濃郁四周，令人心頭生起了一種江湖上哀涼的感受之際，一陣快馬蹄聲像密集長戈戳地，飛捲而來，驚破了一切寂寥。

二

來了！

漢子把葫蘆重繫腰間，一雙眼睛特別明亮。

長蹄軋然而止，隨著一聲長嗚。

三個玄青密扣簑衣雨笠的人，不約而同，在裡、中、外三個方面，一起震了一震。

藥鋪收捲兩邊的具串珠簾，欻地盪起，一人大步踏入，鐵臉正氣，眉清神矍，五綹長髯齊胸而止，面帶笑意，卻似乎執令旂揮動千軍的威儀。

那人一入藥鋪，脫下藏青色大襖掛袍，笑道：「余老闆，今兒個藥可辦來了未？」

藥鋪老闆慌忙走出藥櫃，打躬作揖地一疊聲道：「天大爺，要您親自蒞駕，真不好意思，我原本已遣夥計送去，適逢這場雨……」

那人截道：「不要緊，藥趕用，我來拿也一樣。」

余老闆忙道：「不一樣的……這，這太不好意思了。」

那人笑道：「余老闆，你是開藥局的，要是人人都要勞您的大駕把藥送去，那你這藥局不如改開為送貨行！我來買藥你把上好藥材拿出來，便兩無虧欠了。」

忽聽一個聲音陰森森、冷沉沉地道：「吳大人，你跟我們可絕非兩無虧欠。」

說話的是在藥櫃前的竹笠低垂的人，他一雙厲電也似的眼神像笠影下兩道寒芒。

那鐵面長鬚人雙眉一蹙，背後又有一個聲音陰惻惻地道：「是你欠我們，欠我們命，欠我們錢！」

鐵面長鬚人目亮如星，笑道：「玄老大？放老三？」

適才發話的在藥爐畔焙火的竹笠雨簑客緩緩舉起一隻手，按在雨笠沿上，道：「吳鐵翼吳大人，你還沒忘記咱們哥兒倆。」

被稱為「吳鐵翼吳大人」的鐵面長鬚人依然笑態可掬，「沒忘記，也不敢忘記。」

「哦？」

「玄老大和放老三二位，曾為吳某屢建殊功，捨身護戰，吳某怎敢相忘？」

「是麼？」第一個發言的簑衣客伸手入簑衣內，沉沉地道：「難得吳大人還沒忘記我們這些無名小卒。」

另外一個簑衣客也托笠逼近，變成一個從正面、一個從側面緩緩行向吳鐵翼。

「只怕吳大人不是記著小人的好處，而是害怕小人來向吳大人討好處吧？」

吳鐵翼似無所覺，只說：「放老三，你胡說些什麼！」

「我胡說？」放老三仰天打了個哈哈，猝然轉爲激烈而悽厲的語調。

「我們爲你吳大人效死命，洗劫了『富貴之家』，造成了八門慘禍，毒殺郭捕頭，奪權習家莊，爲的就是你的承諾，事成之後，唐門得權，你縱控實力，我們得銀子！就是爲了這點，唐失驚唐大總管的命才斷送在『習家莊』的！」

「但是你唆使我們在『飛來橋』前橘林中，跟四大名捕冷血鐵手火併血鬥，自己卻捲走財寶，遠走高飛！」玄老大恨聲接道。

「但你意想不到，唐鐵蕭唐先生死了，俞鎮瀾俞二老爺也完了，可是我們五十人中，還會剩下了我們！」

「我們天涯海角，都要追到你，索回那筆錢，償還犧牲了的兄弟們的命！」

吳鐵翼眉一揚，鬚也跟著揚，豪笑道：「哦？殺了我，怎麼取回金錢珠寶？」

玄老大怒道：「說出藏寶處，可饒你不死！」

「我想問你一句話。」吳鐵翼忽爾反問。

玄老大一怔，咆哮道：「有屁快放！」

吳鐵翼笑道：「放？別忘了你的兄弟才姓放。」

放老三厲吼一聲，「錚」地自笠沿裡抽出一方口月輪來。玄老大忙以手制止，咬牙切齒地道：「你要問什麼？」

吳鐵翼笑嘻嘻地道：「你心裡是不是在盤算：你先不仁，我才不義，誘說出錢藏何處，才一劍殺了滅口，是也不是？」

玄老大也按捺不住，刷地自簑衣內拔出一柄藍湛湛的緬劍，劍尖似藍蛇千顫，指向吳鐵翼，厲聲道：「姓吳的，你說是好死，不說是慘死，我刺你一百劍叫你九十九劍斷了氣就不是人！」

吳鐵翼忽然嘆了一口氣。

玄老大冷笑道：「你怕了？」

吳鐵翼道：「可惜。」

玄老大一楞：「什麼？」

「可惜冷血不知爲什麼把你們饒了不殺，」吳鐵翼臉帶惋惜之色：「而你們到頭還是送上來把命送掉。」

吳鐵翼確是不知道冷血爲何要把這兩個狙擊手放走，他們是「化血飛身卅八狙擊手」，跟「單衣十二劍」力敵冷血，當其時唐鐵蕭纏戰鐵手。後來冷血盡誅單衣十二劍，格斃三十八狙擊手中之三十五人而力盡，藉語言驚退其餘三人，方免於難，這是吳鐵翼趁混戰中逃逸，是故不知內情。（這段大決戰及八門慘禍、習家莊巨變、富貴之家劫難，詳見《四大名捕走龍蛇》故事之《碎夢刀》、《大陣仗》二書。）

此際玄老大一聽，想起數十兄弟就爲此人枉送性命於冷血劍下，怒火中燒，大喝一聲：「我斫你的狗頭浸燒酒！」

那抖動的劍尖，驟然間化成百點寒芒，好像有七、八十把劍一齊刺向吳鐵翼的臉門。

吳鐵翼長髯掠起，袍影揚逸，退向堂內。

忽又一道白芒幻起，亮若白日，夾著嗚嗚急風，飛切吳鐵翼後頸大動脈！

放老三也出了手！

吳鐵翼神色優雅，側走之勢倏止，就像一個宰相在書房裡看完了一頁書再翻至另一頁一般雍容、自然，足翹蹲沉，腳踏七星，已向藥鋪門口倒掠了出去！

只可惜看來他不知道門外還有一個人。

門檻上還有一個簑衣人。

簑衣人已從小腿內側拔出寒匕，而鋪裡的兩個簑衣人也揮舞日月輪和緬劍，追殺出去！

第二回 風、雷、雨、電

一

「錚」的一聲，寒芒乍現，門外簑衣人已經出手！

這一下兵刃之聲後，一切聲響陡然寂止，這是這場伏襲的最後一下兵器的聲音，然後便是漫漫寂寥的雨叩屋簷之聲。

過了半晌，只聽吳鐵翼淡淡地道：「對不起，既然肅老八也躲在這兒，三個人，都齊了，教我沒有再放了你們的理由。」

「砰」地一響，放老三手捂胸膛，倒在石檻上，直往石階下滾去，把每一塊灰白的石階染了一道淡淡的血河，又教雨水迅即沖去。

肅老八喉間發出一陣格格聲響，他想說話，但血液不斷的自他喉頭的一個血洞裡翻湧出來，使他只能仇恨駭毒的盯著吳鐵翼，身子挨著木柱，滑跆於地，在灰褐的木柱上拖下一道血痕。

吳鐵翼手上拎著一把劍。

緬劍。

這緬劍正是從玄老大手上奪來的。

他在掠出門的剎那，奪了玄老大手上的劍，刺中玄老大的小腹，再刺入放老三心口，然後又刺穿蕭老八的咽喉。

所以玄老大沒有立即死去。

小腹不似心口和喉嚨那麼重要，而且，吳鐵翼在他手上奪劍然後再刺倒他，遠比刺殺其他二人困難。

玄老大痛苦地哀號道：「吳鐵翼……老匹夫！你殺……殺得掉我們……可是我們已通知了方……方覺曉……」

吳鐵翼本來一直是微笑著的。

可是他一聽到方覺曉，臉色立即像上了弦的鐵弓，而神情像給人迎面打了一記重拳。

他閃電般揉身揪住玄老大的衣襟，眼神閃著豺狼負隅困戰時齜露白齒的寒芒，厲聲疾問：「是『大萝』方覺曉的方覺曉!?」

玄老大嘴裡不斷的溢著血。在血聲與血腥中吞吐出最後一句話：「便……是……『大萝』……方覺曉。」話至此便咽了氣，吳鐵翼猶手執住他衣衽，臉色鐵灰。

吳鐵翼緩緩放鬆了緊執的手，讓玄老大的屍體砰然仆倒，定了一會兒神，一跺足，喃喃地道：「方覺曉！方覺曉！『大萝』方覺曉！叫他給曉得了，可就麻煩十倍百倍了！」

忽聽一個聲音笑道：「人說『大萝』方覺曉，凡是有不平事，他都喜歡插手，不依常規行事，但照常理做事：殺不義人，管不義事，取不義財，留不義名。惹上他的人，比樵夫在深山裡踩到老虎尾巴還頭大。」

說話的是那腰繫葫蘆的漢子。

吳鐵翼的臉色變了變。

但臉色一變不過是剎那的功夫，他臉色又回復一片鎮靜和祥。

「惹上『大夢』方覺曉，我以為已經夠頭痛了，沒想到『四大名捕』的追命三爺也在這裡，看來我是倒楣到家門口了。」

漢子亮著眼睛笑道：「我比方覺曉還難惹麼？」

吳鐵翼也微笑道：「『大夢』方覺曉至少還有些臭規矩礙了他自己。」

追命笑道：「哦？」

吳鐵翼道：「方覺曉殺人的時候，只要對方能夠在他的攻擊下，直至他把『世事一場大夢，人生幾度秋涼』十二個字說完而不敗，就會網開一面，饒他一命，當是一場夢，重新洗心革面做人。」

追命道：「可惜以方覺曉的武功，甚少人能在他說完這十二個字仍不倒。」

吳鐵翼笑道：「他說話並不太慢。」

追命道：「他的『大夢神功』也很快。」

吳鐵翼道：「我的武功也不慢。」

追命道：「他的出手更不慢。」

吳鐵翼呵呵笑道：「可惜你的追蹤術更快，給你釘梢上的人，甩也甩不掉。」

追命笑著道：「也許，就像鱉咬著人一樣。」

吳鐵翼看看滂沱大雨，忽道：「聽說打雷閃電的時候，王八就會鬆口。」

追命笑著直脖子灌了一口酒，舐舐沾酒的唇，道：「就算鬆了口，也不縮回手腳。」

吳鐵翼肅然道：「我倒忘了，追命兄是以腿術聞名天下的。」

追命淡淡笑道：「所以如果論一張口，我騙人就騙不過吳大人。」

吳鐵翼道：「追命兄，如果我現刻就帶你去藏寶之所在，分三成給你，包教你今生今世吃花不完，你是不是可以信我？」

追命搖頭，「不是我不相信你，而是我不答應你。」

吳鐵翼雙目望定追命道：「追命兄，當捕快的，無論怎麼當紅，還是得刀口上舐血過日子，連官兒都不算，你眼看光領功不作事，烏紗玉帶大小官兒逐步遞升，你還在衙房裡受陰寒、在街角受風冷，就毫不動心嗎？」

追命冷冷地道：「吳大人，你別說服我了，你追求的是名利權位，我不是。」

吳鐵翼冷笑道：「你比我還會騙人。」

追命淡淡地道：「你別奇怪我不爲利誘所動，我也是人，何嘗不貪圖逸樂？但是就是因爲看到多少人貪圖自己的利益，而使到蒼生塗炭的時候，自己的快樂又從何而來？故此，打擊用卑鄙手段獲取私利的人，才是我的快樂。」

他笑笑又道：「抓你，就是我的快樂，你試圖用利益來使我放棄快樂，那是件不可能的事。」

吳鐵翼沉吟了一陣，嘆道：「看來，你非抓我不可了？」

追命搖搖頭。

吳鐵翼喜形於色：「難道還可以商量不成？」

追命道：「非也。我不一定要生擒你歸案，因你犯事太重，上頭已有命令，如果拒捕，殺了也不足惜。」

吳鐵翼臉色一沉。外面一記閃電，照得瞬間通街亮白，雨絲像一條條粗蛛絲，織滿了悽冷的街頭。

吳鐵翼皮笑肉不笑的說：「追命兄，不給點情面麼？」

追命道：「辦案的人太講情面，所以才給無辜百姓眾多苦辛。」

吳鐵翼冷笑道：「辦案子的不講人情面子，只怕難告終老。」

追命道：「就算講情面，也要看人；」他冷沉的看著吳鐵翼，「你已惡貫滿盈，剛剛還手刃三個曾為你效命的部下，實罪無可逭。」

吳鐵翼忽仰天長笑，震起五綹長髯，「這世間一向小人當道豺狼稱心，你要伏魔，今晚不要給我這魔伏了你才好！」

他全身突然鼓脹了起來，像一面吃飽了風的帆，全身的衣衫都鼓滿了氣，手上的劍也發出一陣嗡嗡的輕響。

追命靜靜的看著，以一種肅穆的神情道：「人說知州事吳鐵翼吳大人文武雙全，最強的武功叫做『劉借荊』，取『劉備借荊州』之意，以他人的武功兵器借力打力反挫對方，適才玄、放、蕭三人便在一招間死於自己兵器之下。」

他頓了一頓，才接下去道：「我倒要看看吳大人怎麼借我這一雙長在我自己身上的腳作兵器！」

他說到最後一句話的時候，山雨欲來一般的厲嘯聲已到了巔峰，倏然之間，背後有急風襲到！

吳鐵翼是在他身前。

追命面對吳鐵翼施展「劉備借荊州」神功之際，正全神以待。

背後偷襲卻迅逾電閃！

「霍、霍」二聲，左右二腿腳踝處，已被兩件長衫捲住，「鏜、鏜」兩聲，一支鐵鏨一柄銅鎚，同時敲在他左膝右脛上！

「啪」地連響，銅鎚鐵鏨，同時被震得往上一盪，幾欲脫手飛去；長衫倒捲，想扯倒追命，但卻發出一陣裂帛的撕聲。

追命腰馬分毫未動。

這刹那吳鐵翼手中的緬劍，已然出手。

驚光一閃，如飛星流墜，直刺追命面門。

追命大喝一聲，張口噴出一柱酒泉，沖開劍鋒。

吳鐵翼一刺不中，眼前人影交錯，原來煎藥的白衣文士一揚手，藥盅裡墨般稠濃的藥汁，濺射向追命臉門！

追命猛一個鐵板橋，後腦觸地，腰間葫蘆淬然飛盪，「砰」地打在文士胸膛！文士胸口如遭金剛搗重擊，捂胸悶哼，屈曲如蚓，抽退丈外。

藥汁猛然打空，便降灑下去！

追命鐵橋貼地，長袍下襬掩遮臉門，有三數滴藥汁濺及，發出滋滋聲響，掠起裊裊灰煙，生起辛辛刺鼻的焦味。

那在背後以兩截長衫捲住追命雙腿的藥鋪掌櫃和用鎚鑿敲鑽追命雙腳的夥計，生怕給藥汁濺及，忙抽身疾退。

他們一退，追命一個鯉魚打挺，旱地拔蔥，抽掠而起。

半空忽掠起星掣電閃般的金光，直射追命！

追命半空出腳，踢在金光上，金光「噗」地往上沖，破頂而出，良久才聽「噗噗噗噗」地連響五聲，屋頂上露出五截金色劍身。敢情這一劍給追命一腳踢上半空，裂開五截，才落到屋頂，破頂而嵌。

二

射出這一道金光的是煎藥小僮。

追命在半空一腳撐在樑上。

「格嘞嘞」一根木樑直落了下來，吳鐵翼自後飛來的一劍，「篤」地刺入樑中。

吳鐵翼即刻棄劍，飛退。

劍本來就不是他的，他不必為了抽劍冒險。

追命卻靠這一阻之勢，借力撲到煎藥僮子身前。

這下疾若星飛，小僮應變無及，追命橫空一腳飛來，小僮只好沉肘一格，「砰」地一聲，小僮破壁而出，飛落雨中。

追命猛吸一口氣，身形疾向下沉，但腳未落地，已遭兩面大旗捲住。

那掌櫃已棄破裂的長衫，換了兩面大旗，反捲逆襲，又纏住追命雙腿。

這刹那間夥計揮舞利鑿銳鎚，又向他鑽骨穿心的撲來，這次不釘他雙腿，卻鑿向他的左右太陽穴！

但追命這時的身形，忽爾化成一顆彈丸般急彈射去！

這下令那夥計始料未及！

藥鋪掌櫃更意料不到。

他本全力拉扯追命雙腿，想把追命雙腳牽制住，從適才以長衫捲扯追命下盤，追命不但紋風不動還反而扯裂布帛，已知追命下盤根基之穩，故以全力控縱，不料一扯之下，追命如弦發矢飛，反彈了回來！

追命半空出腿，電射星飛間，夥計無及閃躲，強以鑿鎚一架，「崩」地一聲，倒飛店內，破灶碎炭，惹得一身是火，痛得在地上殺豬般叫嚎！

追命餘勢未盡，直向掌櫃射倒！

掌櫃魂飛魄散，「呱」地一聲，身上長袍倏地倒捲，裹住了自身，追命一腳踢去，只覺腳心被一股大力吸住，兩人「砰砰」破牆而出，落入雨中！

追命一到外面，在地上一個翻滾，霍然立起，掌櫃揭開長袍，咯了一口血，大雨攙和把血在他長衫上染了一朵大紅玫瑰花似的。

就在這時，吳鐵翼猛喝一聲：「你!?」

只見櫃檯上乍起一道金虹，瞬即如彩虹際天，裡面裹著那女子纖巧婉細的身子，一面旋轉一面閃著萬朵金星，雲褶捲著舞姿一般的劍花，在雨中向吳鐵翼捲去！

還夾著一聲清叱：「還我爹爹命來！」

吳鐵翼一面閃躲，身上長衫又澎湃激盪起來。

追命知吳鐵翼適才運「劉備借荊州」神功撲擊自己未竟，二度壓下，而今那姑娘惹他，一定難逃他全力出手，正欲趕援，只見藥鋪破壁裡，步出文士與夥計，雨中，小僮與掌櫃也緩緩站起。

四人又包圍了他。

他掉頭一看，雨霧漫漫中仍有一纖巧身影，夾著金光漠漠，如神龍舒捲，圍著吳鐵翼如鐵風帆中妖嬌飛舞，心知那姑娘武功著實不俗，才較放了心。

那四人走出雨地，把他四面包圍住。

掌櫃胸前染了一大灘潑墨般的血。

夥計身上被燒灼多處，甚是狼狽。

小僮額角撞破，雙手顫抖，顯然跌得不輕。

文士手捂胸際，眉宇間似仍在強忍痛楚。

四人偷施暗襲，趁追命聚精會神與吳鐵翼對決時暗算，但一招之下，四人俱傷。

而且都傷得不輕。

追命望著他們，又像在望著天地間無邊無際的雨，緩緩道：「風、雷、雨、電？」

四人都沉著臉，沒有說話。

追命的眼神亮了亮，朝夥計手上的武器道：「你便是『五雷轟頂』于七十了吧?可惜那兩記沒轟掉我一對腳。」

夥計悶哼一聲：「下次我轟你的頭。」

追命卻向掌櫃笑道：「好個『大旗捲風』！想閣下當必是佘求病了，在下一腳，恐怕還算稱了閣下求病之願吧？」

掌櫃冷笑道：「小恙而已，你卻將病入膏肓了。」

追命轉而向小僮道：「小兄弟應當是姓唐的吧?唐門『紫電穿雲』唐又的暗

器，我今日是見識過了。」

小僮冷哼道：「還有得你見識的。」

追命最後向文士嘆道：「不過，還是『雨打荷花』文震旦文先生的藥汁取命，令我嘆爲觀止。」

文士沉哼一聲，沒有回答。

追命道：「我聽聞吳大人手下有『風、雷、雨、電』四大將，沒想到吳鐵翼沉淪魔障，四位不惜喬裝打扮，仍舊依隨。」

藥店老闆打扮的「大旗捲風」余求病道：「能跟吳大人走，是我們的福氣。」

追命即道：「他見利忘義，殺棄舊部，難保一日他對你們莫不如是。」

文士喬扮的「雨打荷花」文震旦冷笑道：「我們又怎麼相同？『單衣十二劍』和『卅八狙擊手』不過是在吳大人身處高位時趨炎附勢之輩，早該死了，我們是吳大人當年闖蕩江湖的手足兄弟，福共享，難同當，當然不一樣！」

追命反問：「飛鳥盡，良弓藏；狡兔死，走狗烹。他殺得『單衣十二劍』，就殺得『卅八狙擊手』，你們……」

小僮裝扮的「紫電穿雲」唐又怒叱道：「你少來挑撥離間！」

追命神目如電，盯著他道：「怎麼每件大案，總有你們唐門的人在？」

喬裝夥計的「五雷轟頂」于七十怒道：「妄想套問誘供！」

追命一字一句地道：「你們要阻擋我抓拿吳鐵翼之前要先想清楚——」

他一個字一個字道來：「你們四個人，合起來仍不是我的敵手。」

四人互望一眼，在大雨中擺出架式，寧爲玉碎，不作瓦全，一併同歸於盡的架式。

追命心裡暗嘆了一口氣：吳鐵翼當真有服人之能，只惜反白斷送了這許多江湖好漢！

就在這時，耳際傳來一聲驚叱。

那以貼身金劍旋舞的女子忽被一股大力震飛，吳鐵翼如怒鷹掠起，飛攫而至，只見米線一般的雨中，一道活巧的緋影金光恰如飛星過渡、電閃穿雲，但尾隨一股旋風黑影，危機頃刻。

追命大喝一聲，雙腳一頓，斜沖而起，接住女子退勢。那女子退力已竭，哀呼半聲，倒入他懷裡，而青衣婢女及兩名轎伕，各拔出武器，在雨中斜截撲來的吳鐵翼！

第三回　離離

一

追命扶住懷裡的女子，那女子敢情是與吳鐵翼一番激戰，真力為吳鐵翼「劉備借荆州」神功借勢所挫，元氣大傷，倒在追命懷裡一時無法掙起。

追命只覺一陣如蘭似麝的香味襲入鼻端，那女子軟若無骨，因為雨透濕了兩人衣裳，貼肌的衣飾一觸之下，追命只覺所觸處一陣炙熱，心神一蕩，但身子往後一縮。

他往後一縮的當兒，雙手已扶住了那女子，那女子星眸半閉，她嫣紅的衣衫濕黏在美麗的胴軀上，胸脯急促起伏著。

追命闖蕩江湖，縱橫四方，歷劫過關，不可勝數，但從來未曾見過一個女子，可以嬌弱到這樣，可以艷麗到這樣，又可以倦慵到這樣的。

以致雨打在她身上也令人生起一種落瓣的悽楚感覺。

追命稍微定了定神，三聲驚呼，只見兩名轎夫和青衣小婢一齊被震散開來，飛跌至雨中泥地上。

再看時吳鐵翼已不見。

雨中傳來吳鐵翼的狂笑，「追命，你別白費心機了。就算『大夢』方覺曉來，我也有『神劍』蕭亮擋著，別忘了，『大夢』方覺曉的剋星就是『神劍』蕭亮，而且，冷血和鐵手都拿不住我，你也休想逮得住我！」

聲音猶在街角響起，追命卻知吳鐵翼已去遠。

他頓也不頓，返身向「風、雷、雨、電」四人掠去！

只要能捉住這四人，或許還能逼出吳鐵翼的去向下落。這是追命在這瞬間的想法。

離離姑娘力衰而退，追命破圍護住，轎夫和小去上前夾擊旋被擊飛，都是兔起鶻落，眨眼功夫的事兒，吳鐵翼已消失不見，文震旦、于七十、唐又、余求病四人，也已退入藥鋪之中。

——藥鋪後一定有退路！

追命雙腿一彈，全力縱起，掠向藥鋪！

——決不能讓他們退入藥鋪！

就在他縱起之際，「雷」于七十與「風」余求病已一個翻身，沒入地裡去，就在追命撲入藥局之時，唐又和文震旦向牆壁左右，齊齊一拍。

只見藥鋪兩壁數百格藥櫃，一起凸抽出來，一時弓弩之聲連響不絕，抽屜裡的「藥材」，密似激雨一般向追命飛射了過來！

追命長吸一口氣，猝然急升，破瓦而出，到了屋頂。

「藥材」打空，全落到地上。

在「藥材」迸射的剎那，追命必須要決定一件事：他本可以憑一雙旋風也似百毒不侵的神腿直闖入暗器陣內，留住斷後的「電」唐又和「雨」文震旦，但是他懷裡還有一個人！

就算他避得過這雨點般的暗器，她也不會避得過去。

所以他只有先行退避。

不過他也情知這一退避之下，這「風、雨、雷、電」四人，是再也抓不住了。

事實果然。

文震旦和唐又也在暗器密雨中消失了。地下有地道，直通街口，待追命鑽入時，甬道早無四人蹤影。

二

追命心中微嘆一口氣，自屋頂上落了下來，這時藥鋪早已破爛得不成樣子，但雨勢也漸漸止了。

街角黝黯，倒是藥鋪的燈影下照出一片氤氳濕霧水氣。

懷裡的女子似微恢復了知覺，驀然一驚，雙手往他身上一撐，藉力而起，往前奔出三、四步，便又一陣昏眩，兩頰也現出一種令人目爲之奪的緋紅之色。

追命長吸一口氣，喚：「姑娘……」

那女子靜了下來，沒有回頭，良久以一種輕微如雨絲的聲音問：「吳鐵翼……」

追命道：「給他溜了。」

那女子幽幽道：「你，救了我？」

追命一時不知怎麼回答。這是他走遍天下大江大湖以來，第一次被一個女子問了一個簡單至極的問題而不知如何作答。

女子沒聽他回答，便說：「是我礙了你，才沒把吳鐵翼擒住……」

追命舐了舐乾唇，忙道：「不是……」又覺不妥，改道：「反正兇徒遲早有伏法的一日。」

女子默默地道：「還是我阻撓了你。」

追命望著女子背後黑髮腰身，腰細可握，絕代娉婷，覺得外面風細雨斜，女子如弱花不堪風雨，嬌楚依人，怎會來到此地？

便問：「姑娘……」

「我叫離離。」

「離離姑娘……」

「叫我離離……」

「離離……」追命頓了一頓，覺得也應自報姓名：「我叫崔略商……」

「我知道，你就是江湖上鼎鼎大名的名捕『追命』。」

說著，女子回過了身來，嫣然一笑，福了半禮。

這一笑，把燭光如豆的藥鋪，添上清光如畫般的色彩。只見離離淺笑輕顰，星眼流波，皓齒排玉，朱唇款啓，玉腮含春，有一種嬌慵的隨便，越發明艷綽約，儀態萬方。

追命看著她，一時忘了要說什麼。

離離看他有些發痴的模樣，不覺玉頰飛紅，以纖指掩唇笑道：「你……你叫我做什麼呀？」

追命一怔，仍未回過神來：「我，我沒叫妳呀！」

離離終於忍不住又笑了一笑。

追命這才省起，暗罵了自己一聲：真駭！「我，我是想問離離姑娘……怎麼會來了此處？要殺吳鐵翼？」

一旦言語演繹推究參詳起來，追命的思路立時變得清晰多了，「妳武功這麼好，使的是不是『蝶衣劍法』？為誰人所傳？跟吳鐵翼有何仇恨？」

離離抿嘴一笑，髮上鳳釵，叮噹一聲：「果不愧為神捕。我使的是『蝶衣劍法』，係『蟬翼劍派』創始人方蘭君所傳，家父是朝廷清官，為吳鐵翼、俞鎮瀾等誣奏，慘遭冤獄，鴆死牢裡，我恨不得把吳鐵翼千刀萬剮，以雪父仇！」

追命道：「哦，原來是這樣的。」

隨後又說：「方蘭君所創『蟬蝶二衣劍在意先』劍法，在姑娘手中，可似天仙一樣。」

離離玉頰微微一紅，「家師使的時候，才是真美哩。」

這時兩名轎夫和青衣女婢小去已相扶步入，顯然都挨了不輕的內創。

「姑娘……」

離離截道：「別說了，你們已盡力，給他逃了不是你們的錯。」

又向追命道：「她是我貼身丫鬟小去，這二位可是決陣取戰沙場名將，呼延五十和呼年也，都是以前爹爹的老部屬。」

追命拱手道：「原來是呼延、呼年一位前輩！」

呼延五十，豹頭環眼，很是威武，道：「三爺，萬萬不能，前輩二字可折煞呼延！」

呼年也則獅鼻闊口，呵呵笑道：「不敢，不敢，神捕追命崔三爺的名頭早已如雷貫耳。」

小去卻說：「這次給吳鐵翼溜走了，不知要上那兒去找？」

離離略一沉吟，秀眉輕蹙。追命看著便說：「走得了和尚走不了廟，總有追查之處。」

離離眼神一亮，似笑非笑的道：「曾聞追命追蹤之術，天下無雙，不知如何可以追拿吳鐵翼？」

追命道：「吳鐵翼至少留下兩個線索，和一個去處。」

離離詫然道：「怎麼說？」

追命道：「第一，吳鐵翼留下了一句話：說是以『神劍』蕭亮制『大夢』方覺曉。『神劍』蕭亮此人劍法出神入化，人也古怪透頂，介於正邪之間，只要找到

『神劍』，就可以找到『大夢』，而『大夢』方覺曉這人的追蹤術絕對在我之上，他要追躡吳鐵翼，吳鐵翼就有翼也飛不掉。」

追命笑笑又道：「還有，吳鐵翼最近常到各地較大藥局收購一些特別的藥材，他買這些大量的藥草作甚？我們不知道。但他既要到藥店，便是一個較易控制的去處——我便是因此而在此處守株待兔的，沒料他似早料敵機先，整個『人和堂』的人，都換成了他的部下！」

離離臉上露出深思的表情，這時穿在她身上的濕衣也快乾了，只有一小部分的衣衫未曾乾透，貼在肌膚上，越發顯得她消瘦。

但在她沉思之際，有一股動人的艷色，是追命所見過任何女子所沒有的。

「此外，便是他的去處……離離姑娘可曾聽過『大蚊里』的故事？」

離離沒料追命忽來這一問。小去卻乖巧的搶答了。

「大蚊里嗎？……我們都聽說過了，傳聞那兒的蚊子會咬死人的，有個過路的秀才在那裡被蚊子叮了一口，回到省城便發狂了，咬嚙著家人，而且唾液含毒，一家人全都死光了……嗚哇，好慘啊——」

小去越說越同情，幾乎要哭出來。追命忙道：「後來，大蚊里的村民全搬遷了，那本來是靠近濟南城的一個小村落，三面環山，地理環境特殊……既然發生了這種事，吳鐵翼又出現在附近，說不定會有些關聯？」

離離微微咬著紅唇，抬頭看了追命一眼，眼眸裡有敬佩之色，在她抬頭時又發現追命正好深深地望著她，那種眼神令她忙垂首看自己的裙裾足尖。

追命終於問：「姑娘……可是要去？」

離離一直抿著唇，迄此又忍不住燦然一笑。追命見她圓卵般的玉腮一展，心中也有些尷尬，但又移不開視線，知道失禮，也怕她瞧破，心裡一情急，便說：「那我先走一步了。」

一拱手，腳步卻寸步未移。

離離乍聽追命這樣說，心裡一陣悵然，輕輕問道：「三爺先去那裡？」

追命不知為什麼，也很想告訴她自己何往，便答：「我先赴濟南城。」

呼延五十問：「三爺是覺得吳鐵翼多半在濟南了？」

追命道：「他還要買藥，濟南城有的是上等好藥材，而且……」

他望向街上一片迷雨，道：「濟南城的藥材全控在一人手裡，他是王孫公子，也是城裡巨富，而且，這個人，自稱有五十四個師父，『神劍』蕭亮也是他知交——」

呼年也一震道：「三爺是說——」

追命望著雨轉爲霧瀰漫的街上，頷首一字一句的道：「正是他。濟南趙公子，有五十四個師父的趙燕俠。」

眾人都靜了下來。

石板地上，鋪了一地藥材，夾雜著精光閃亮的暗器。

雨在簷前，淅瀝淅瀝的，滴在階上。

追命忽然想起如果有一個家……他馬上不想下去。江湖上的浪子，時常在跋涉江湖的風塵歲月裡，忽爾生起家的溫暖、家的念頭。追命這刻的感覺，卻非常深刻，也非常熟稔。

可是他說：「諸位後會有期。」

返身大步往迷雨深處走去。

剛才那陣風捲殘雲的暴雨已去，只剩下鵝毛羽絲般的微雨，像一貼貼冰涼的小手溫柔的往沒有衣服遮掩的臉上脖裡鑽，又似一個淘氣的孩子在碾坊裡把麵粉撒得一天地都是，然後仰著臉待它飄飄落下來。

追命走到簷前，忽聽離離叫他：「三爺。」

追命立即止步，回首。

離離遞來一把傘，說：「我有轎子，你用傘。」

追命默然接過了傘。離離又幽幽的說：「江湖風險多，三爺要保重。」

追命也不知道自己有沒有說謝謝。接過了傘，走到階下，撐開了傘，他一面大步走著，一面聽雨的細腳叩響傘面的聲音。他一起步心裡就在強烈的思念離離，可是他依然沒有回頭，沒有再回首的就走出了長街。

第二部　奪神霸王花　搖曳開謝花

第一回 化蝶

一

濟南是大城，大城裡五花八門，各樣各色的玩樂都有，自然要比小村莊小市集繁華百倍千倍。

今天城裡最隆重的一個節目是，趙公子來到城南「化蝶樓」看鶴舞。

所謂「化蝶樓」，其實是最高尚的青樓，裡面大部分女子都是賣藝不賣笑，獻色不獻身的，這是高級的銷金窟，也是附庸風雅的勝地。

別的不說，單止「花蝶樓」聞名的一場「化蝶舞」，活色生香，溫柔美麗女子，多如花間彩蝶，偏又諸多禁例，可觀不可觸，更招惹了不少狂蜂浪蝶，一擲千金，看了一次又一次，百看而不厭。

這日「化蝶樓」來了一對白鶴，長頸細腿，紅喙碧目，翩翩躚躚，舞之不去，徘徊松石之間，蔚爲奇觀。

這件事，驚動了城南趙燕俠。

趙燕俠便帶著他五十四個師父去看鶴舞。

醉翁之意不在酒，趙公子之意也不在鶴，而是在舞。

「化蝶舞」。

二

其實趙公子之意亦不在「舞」，而是在「蝶」。

——聽說來了一隻艷蝶，有絕代的容顏，把眾多佳麗比落了顏色。

所以趙燕俠一定要去看看。他這種想法和做法跟大部分的公子哥兒有錢沒處花，有時間沒處去沒什麼兩樣。

故此那兩隻鶴舞不舞，跟他毫不相干；當他看到那兩隻鶴又高又細竹竿似的長繭的腿，想起綠珠紅杏渾圓勻美的一對腿子，真恨不得遣人一箭射死兩隻鶴。

但他不會這樣做。

他笑著看鶴舞，看完了還作了一首詩，題在牆上，人人呼擁觀賞，讚美不絕。

「好詩，好詩！」

「真是驚世駭俗，驚才羨艷！」

「趙公子文武雙全，不由得我不從心裡寫個服字。」

趙燕俠微笑著，呷著醇酒。他知道這些人看詩不用眼，也不用心，而是用嘴巴。他也只要知道人人都說趙公子是爲「鶴舞」而來就夠了。這時他聽到一陣絲竹清越的音韻，眼神像醮了酒意般地亮了起來，他知道他所期待的「蝶舞」快來了。

他瞇著好看的眼睛，品酩著酒，自己對自己說：濟南趙公子，要看蝴蝶之舞了。

不料蝶未翩翔而出，倒來了一個人。

這人方臉大耳，長鬚寬袍，一面正氣，臉帶微笑，卻不是吳鐵翼是誰？

他只好起身。

他身邊五十四個奇形怪狀，有的束髮露腰、有的胸肌賁張、有的猿背蜂腰、有的形神疲頓的師父們，也慌忙站起。

「化蝶樓」的小管事大管家老鴇姆嬤，全都起座恭迎。

一個「化蝶樓」小廝打扮的年輕人，卻在此時，忍不住「哈啾！哈啾！」地打了兩個大噴嚏。

三

這個噴嚏，可把「化蝶樓」幾個文的武的管事、龜奴、老鴇的一顆心，幾乎沒從口腔裡噴了出去。

一個小龜奴沒頭沒腦就給小廝幾個巴掌子，打得他後腦勺子卜卜地響，一面罵道：「死東西，死東西，趙公子在，吳大人來，你也敢打噴嚏……」

話未說完，一個老龜奴啪地也給他腦袋瓜子一記巴掌，「吳大人剛剛駕臨，你死呀死呀死呀死個什麼……」

小龜奴張開了口，本來想說：「你現在不也說了三個死字，比我還多！」但摸著後腦短髮還熱呼呼的痛著，便沒敢作聲。

卻在這時，有人打了個呵欠。

這個呵欠暖洋洋的、漫呼呼的，在座諸人，包括張公子、李公子、陳公子還有趙公子本身，都從來沒有見人打過那麼長又那麼懶洋洋的一個呵欠。

打呵欠的人彷彿已睡了五百年，微微睜開了眼睛，望了一望，眼皮子又像千斤鉛重般的闔了下去，看他樣子，彷彿還要再睡五百年。

龜奴卻不敢打他。

在這種場合裡，能叫龜奴們不敢發作的人只有一種。

客人。

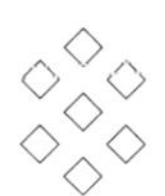

這懶洋洋的公子好歹也是個客人。

來觀「化蝶」一舞的，至少要十五兩銀子——當然，在趙公子的出手而言，十五兩銀子只是賞給龜奴的一點小零頭——但能化得起十五兩銀子觀一場舞的，在「化蝶樓」的大龜奴小龜奴而言，則是寧可回去得罪自己老子，也不去開罪他。所以這懶公子打了個呵欠，照睡不誤，沒有人敢去賞他耳括子。

吳鐵翼的到來，即將翩翩的蝶舞，在他而言，不如一場春夢。

但吳鐵翼是地方大官，他劫財殺人的事迄今尚未正式揭露，所以在座的公子才子，都趨向極盡阿諛諂媚之能事，唯望能引起吳鐵翼對他們稍加注意，成爲日後平步青雲的大好掖力。

吳鐵翼微笑著，一一點頭示意，卻走近趙燕俠身前，兩人哈哈一笑，抱作一團，各自在對方背上，用力拍了拍，表示親暱。

「趙公子！」

「吳大人！」

這時傾羨之聲浮著諛媚之詞四起：「趙公子和吳大人，一文一武，風流倜儻，真是再也找不出第三人了！」

「胡說，吳大人也文采風流，趙公子更武藝超群，豈止一文一武而已？」

「是啊，簡直是文武雙全，富貴一身，還是國家棟樑呢！」

「了不起，了不起！」

「太好了，太好了。」

在大家簇擁奉承之際，一個稍帶落拓神情但目朗若星的漢子悄悄地從懷裡掏出一葫蘆酒，骨咯咯的喝了幾口，用他新買綢綢袍子揩了揩濕唇，再把酒壺揣回袖裡去。

眾人在忙著媚諛，都沒有注意到漢子這個動作。

也沒有注意到吳鐵翼在趙燕俠耳邊低低說了一聲：「我的情形不大方便露面太久，還是先去吧？」

趙燕俠依舊保持溫文的微笑，卻低低說了一句：「看完舞後再走未遲，在這裡誰也動不了你，以後便誰也不知道你在那裡，你放心好了。」

吳鐵翼沒有再說什麼。

絲竹韻樂奏起，八音齊鳴，簫韶怡耳，先是細吹細打，轉而黃鐘大呂，龍吟虎嘯猶如鈞天廣樂，至此韻律忽然一柔，一場絕世之舞便開始了。

眾人紛紛就座。

那漢子卻已在這片刻間越過十七、八個人，自斜裡方向，來到離吳鐵翼不及十一尺之距離。

他準備只要再靠近三尺，他就要出手。

——這次，無論如何，都不能再教他逃脫的了。

他心裡暗忖：這次要是再給他逃逸，那末，就再也不易梢著他的行蹤了！所以他準備挨到了近處，出手萬無一失之際，才猝然出手，手到擒來！

由於舞娘的姿彩翩然，人人都擠擁爭看，夾在人潮中，他是很容易逐漸地逼近目標的！

他心中一直告誡自己：小心、謹慎、鎮定，追命啊追命，這次你可不能讓這老狐狸再溜掉了！

所以他實是向日的趨近，臉上神情似還是陶醉在歌舞之中。

就在他又逼近了四尺，正欲動手之際，音樂聲大作，似鸞鳳和鳴，鏗鏘娛耳，有說不出甜柔，靡靡之意，一個纖巧的身影如蝶之翩翩，旋舞而來。

這女子美目流盼，玉頰生春，柔若無骨，但艷冶盡壓群芳，她舞起來的時候，一盈步一扭腰肢，令人油然生起趨前要扶她的衝動。卻見她隨風柳絮般又盈巧地穩住了身子，旋舞起來，只見她一面轉著，身上的絮帶、裙褶、衣袂都飄了起來，舞到疾處，好像一朵花蕾越綻越盛，人兒雙頰也像天上的彩霞一般，流動出英姿颯爽的嬌弱。

直了眼看忘了形的公子哥兒，直至旋舞漸止，緩如輕雲出岫之時，才如雷地喝起采來。

采聲方起，那女子又旋舞起來，開始旋時環佩叮咚，煞是好聽，舞到淋漓時，像地心穿了一個洞冒出了煙霞，天仙在霧紗冰紈中曼妙旋出一般。舞到極處，猝然，化作一道彩光奪目，直射吳鐵翼！

這一場「化蝶」之舞，化蝶之時，就是一場刺殺！

四

那女子隨著音樂一旦出現，追命就怔住，完全怔住。

因爲那女子就是離離。

離離來了這裡。

離離爲什麼會來了「化蝶樓」？

——離離當然不可能是「化蝶樓」裡的風塵女子，她來這裡，無疑是別有用意。

等一個人。

一個殺父仇人！

而現在吳鐵翼來了！

吳鐵翼來了，離離就一定會動手！

最佳的動手時候，無疑就是一場「化蝶舞」盡致之時。

追命一想到這點的時候，離離就已經出手了！

追命甚至來不及搶先動手，也趕不及預先喝止——離離已化作一道精厲的劍光，直取吳鐵翼的心口。

吳鐵翼顯然也意料不到，他是在雨中見過離離，但在舞中的離離，比那晚在雨中的離離，一個像在陽光下的玫瑰，一個像在雨裡的芙蓉，是有著很大的不同的。

眾人來不及一聲驚呼，金虹破空一弓，已近吳鐵翼心房！

五

眼看精虹就要射入吳鐵翼胸際，人群倏然乍起一道白光，後發而先至，「格」地一聲，一道金虹，射入屋頂，彩衣倒曳，落在丈外。

離離落地，臉色煞白，手上金劍，只剩一截。

在吳鐵翼身前站了一個人。

那個原來看去傻頭呆腦的小廝。

現在看來那小廝已完全不一樣，站在那兒，神情有一種極端的落寞，像一片白羽，高潔而冷漠。

他手上有劍。

只剩一尺七寸般長的斷劍。

追命的瞳孔收縮，他知道這人是誰了。

——這個因打了個噴嚏就給人刮了兩記耳光的小廝，就是「神劍」蕭亮。

蕭亮手上拿的雖是一柄折劍，但這柄折劍卻是曾力挫九大名劍的「折劍」。就算是一把破銅爛鐵，能力敗九大名劍，也足以成爲傳說中的神兵利器，何況蕭亮手上的一把折劍，是「折劍門」中最名動江湖的一把，所以，也有人稱蕭亮手上的斷劍爲「折劍先師」。

蕭亮的劍法是不是那麼高？追命不知道，但他目睹蕭亮一劍擊落了離離。

他虎地跳出去，護在離離身前。

他躍將出去的同時，吳鐵翼與趙燕俠已有警覺：既然有一個狙擊者，難保沒有第二個暗算的人！

追命一撲將出來，吳鐵翼和趙燕俠對望一眼，沖天而起，破瓦而出！

追命想追，但他不能留離離一個人在這裡，他要保護離離！

只是他若要衛護離離，就來不及追截吳鐵翼了！

在這電光石火間，追命轉念千百，趙燕俠的五十四個師父，至少有三十二個向他包攏過來！

「神劍」蕭亮一抬頭，目光向著他。

追命只覺雙目抵受厲光，如交擊了一劍似的！

就在這時，一人大步跨出來，攔在他身前。

這人本來是跟一個纖秀背影一齊越眾而出的，但他一出現，就推開了同伴，跟對方低聲疾說了一句：「你去！這裡由我來！」

這句話只有追命聽到。

他見著這個人的背影，幾乎大叫出聲，聽到這人的聲音，就越發肯定了，所以他叫了出來：「四師弟！」

這人虎背熊腰，隆鼻豐額，秀眉虎目，回頭笑喚了一聲：「三師兄，是我！」

只聽他道：「我是練劍的，蕭亮交給我！」

追命略一遲疑，他又說：「追蹤我不如你，由你負責！」

追命雙眉一皺再舒，疾道：「請護離離！」再也不多說一句，自吳鐵翼、趙燕俠所衝破之屋頂破洞中，疾衝了出去！

十幾個趙燕俠的師父，也怒叱著跟將出去，要把追命留下；留在「化蝶樓」的年輕人卻很放心，因爲他知道他的三師兄的輕功，除了大師兄，誰也追不上，截他不著，只要他能穩住「神劍」蕭亮。

雖然他知道此地只有他一個人，孤軍作戰，可是他不怕。

他一點兒也不怕。

因爲他是冷血。

「四大名捕」中的冷血。

第二回 神劍蕭亮

一

其實冷血會在此時此境出現，說起來一點也不偶然，因爲在冷血和鐵手辦了「大陣仗」一案後，鐵手和小珍準備去查看河上漁火及岸上篝火對打暗號的異事，而冷血和習玫紅卻對「人蚊里」蚊子咬得人喪心病狂的事有興趣。

所以冷血相偕習玫紅，來到了大蚊里。

在大蚊里，早已搬遷一空，遍地荒涼，冷血也查不到什麼。

冷血和習玫紅男女有別，在大蚊里過宿，自然不大方便，所以便到最靠近大蚊里的大城——濟南來了。

來到了濟南，習三小姐想到的古怪花樣可多的是，弄得冷血這憨男子很多時候都啼笑皆非，其中一項，便是習玫紅從未上過青樓妓院，她一定要「見識、見識」青樓究竟是什麼東西。

因爲「青樓」裡頭有的實在不是「東西」，更有許多難以爲人所道的「東西」，冷血當然不想讓習玫紅去。

可是卻給習玫紅數落了一頓。

「爲什麼男人能去，女的就不能去？我偏要去瞧瞧！你不陪我去，我自己去！」

結果冷血只有陪她去了。

「化蝶樓」是冷血選的，因爲「化蝶樓」畢竟是比較高級一些，雖然也是容污納穢的所在，但比起有些一進去較之屠宰場刮豬剜油皮還噁心的地方總是好多了。

習玫紅不相信。

習玫紅不單不相信，她還懷疑。

她還懷疑冷血怎麼會知道那末多這些東西，所以她推論出來，冷血一定到過那些地方，而且一定常常去！

時常去！

這使她一路上跟冷血賭著氣不講話。

冷血當然沒有她的辦法，也不知跟她如何解釋是好；其實這種事，凡男人都知道，女人知道的也不少，不過習三小姐既然不知道，要解釋也解釋不了。

其實習玫紅也並非完全不知曉。

她也隱隱約約知道了那麼一點：那是下流地方，有教養的人不去之所在。她娘生前就不曾去過那些地方，但她時常酗酒的爹爹去過了——這還是有一次在她年紀小的時候，聽娘罵得兇虎虎要把花盆向爹爹丟甩過去的時候，忽然爆出來的話。

她很想聽下去，可是爹和娘發現她在，娘訕訕然的放下了要扔的花盆，過來哄她出去。待她出得了門房，門裡乒哩乒啷的甩碎聲才告響起。

習玫紅心裡就想：爹也去那些地方，爹是壞蛋！爹爹既然是壞蛋，娘也去給爹看嘛！要不，就不公平！而且，娘不是常對她說，嫁雞隨雞、嫁狗隨狗的嗎？既然出嫁從夫，爹去，娘就更該去了！

所以，冷血去過，她也一定要去。

而且，她立定心意：冷血做什麼，她就做什麼，比比看誰壞！

故此，她隨冷血來到了「化蝶樓」。

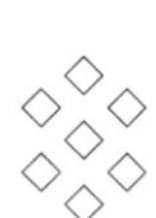

她看也沒什麼，只是一大群男子在看人跳舞，她雖不會跳舞，在莊裡第一次學舞蹈就打破了三隻花瓶三個古董和三十枚雞蛋以及扭破了一條心愛的裙子，所以爹爹絕望地搖頭改教她習武，她還是很清楚地知道，女孩子跳舞不是件壞事。

——那爲什麼娘叫這些地方做「壞地方」？

就在這時，她看到冷血眼裡發著光。

她開始以爲冷血在看她，所以有點羞澀的低了頭，望自己還穿不大習慣的布鞋。後來才發現冷血不是望向她。

——難道是望那些跳舞的女子？

習玫紅正無名火起，她稍稍知道這裡爲何是「壞地方」了，可是，她又發現冷血不是望向那些女子。

冷血望的是男子。

原來是吳鐵翼！

所以習玫紅追出去的時候，她已恍然大悟：原來青樓妓院之所以是個「壞地方」，因爲有壞人在那兒，而且是壞男子！

二

習玫紅現在在想些什麼和怎麼想，冷血是當然不知道，他爲安全計，先遣走習玫紅去追吳鐵翼，又替追命斷後，他自己要獨力面對這眼前的大敵——「神劍」蕭亮！

他問蕭亮：「我不明白。」

蕭亮微微笑著，眉宇間有一股淡淡的倦意：「在你的劍或我的劍染紅之前，不明白的都可以問。」

冷血就問：「以你在武林的盛名，可在江湖上大展拳腳，爲何要替吳鐵翼賣命？」

蕭亮笑了：「我沒有替吳鐵翼賣命。」

冷血眼光閃亮著：「哦？」

蕭亮接道：「我是替趙燕俠賣命，他叫我保護吳鐵翼，我只好留著他的狗命。」

冷血不解：「難道趙燕俠就值得你去爲他拚命？」

蕭亮忽然說：「你的劍法很好，我知道。」

冷血不明白他爲何忽然改換了話題，但答道：「其實我沒有劍法。」

蕭亮肅然道：「我知道，你只有四十九劍，劍劍皆在取人性命，所以是劍，不是劍法。但在我眼中，用劍取人性命的方法，就是劍法。」

冷血頷首道：「所以，我注重劍，你著重的是劍法。」

蕭亮卻道：「我也不很注重劍法，我比較重視劍意和劍勢。」

冷血重複了一句：「劍意和劍勢？」

「是。」蕭亮凝視著手上折劍，目光映著劍光的森寒：「我劍勢如果取勝，就能令對方敗，我劍意要是發揮，就能使對了死。」

冷血冷冷地道：「我還未敗，也還未死。」

蕭亮卻說下去：「人人都知道你劍使得好，卻不知道劍客是要經過日以繼夜的苦練，才能御劍的，否則，只能被劍所御，成爲劍奴。」

這個道理冷血自然明白。每大的苦練，血和汗，加起來可以盈滿澆菜園的大缸。清晨蟲豸都未曾叫之前就練劍，直練得劍刺下了蠅翼而不傷其毫；到了半夜，夢中乍醒，陡然出劍，爲的是考驗自己猝遭暗算時發劍是不是仍一樣快準狠！

所以冷血很同意蕭亮這番話。

「我們都不是一生下來就會武功的；」蕭亮補充道：「在武功未練成之前，有很多死去的機會——」

冷血截道：「練成後更多。」

「但畢竟練成了。」蕭亮的笑意有一股譏誚的況味，「我未練成之前，忍餓受寒，若不是趙燕俠接濟，我早就死了。」

冷血望定他，嘆了一口氣，道：「你就是爲了這點而幫他？」

蕭亮笑了，笑容更寂寞：「這還不夠成爲理由嗎？」他看著手中折劍，垂目凝注，好一會才接道：「那時，還有我那患病的老母……」

語言一頓，反問冷血：「你知道對一個未成名但有志氣的人正身陷劣境，在他一事無成退無死所、身負囹圄時受到人雪中送炭接濟時的感激嗎？」

冷血無言，他想起諸葛先生。

蕭亮的笑容有說不出的苦澀，他一面看著折劍，一面笑，「所以說，如果你要幫一個人，就應該趁他落難的時候。虎落平陽被犬欺，一個人困苦的時候，任何一點關懷都勝過成功後千次錦上添花，是不是？」

冷血仍然想著諸葛先生，諸葛先生雖在他們孤苦無告時收留了他們且將一身絕藝相傳，但除了公事，諸葛先生絕少要求過他們爲他做些什麼。

蕭亮最後一笑道：「我們還是交手吧！如果你還是要抓吳鐵翼，而趙公子還是要留他一條命的話。」

冷血長嘆道：「可是這件事，由始至終，本都跟你無關的呀！」

蕭亮淡淡地道：「兩個國家的君王要開戰，死的還不盡是些無辜的軍民麼？自古以來，都是這樣。」

冷血著實佩服追命，因爲追命除了一雙神腿、一口燒酒和追蹤術冠絕天下外，他的一張口，每次能在危難中把敵人誘得倒戈相向，跟二師兄鐵手能把敵人勸服化戾氣爲平和的口才，有異曲同工之妙。但他可不行。他現在就勸不服蕭亮。

只聽蕭亮道：「你出手吧，不然的話，別人還說，什麼武林高手，交手前必囉哩囉嗦的一大番口水，也不知是用劍刺還是用牙齒咬的！」

冷血想笑，可是笑不出。

這時旁邊的圍觀者叫囂起來了。

「宰了他！」

「他媽的這小子擾人清夢！」

「怎麼勒？不敢動手是不是!?怕了吧！」

「殺！給我狠狠地殺！光說話怎行，誰贏了我賞錢！」

這些人大半是公子哥兒，過慣了富豪的生活，有家底照住，平時也殺了一兩個人過過殺人癮，殺人對他們來說，是教血液加速的刺激玩意。

何況他們不知道這個青年就是冷血——「神捕」冷血。

他們只知趨炎附勢，見「神劍」蕭亮出手救吳鐵翼，便以爲蕭亮必定能贏，就算那持折劍的人勝不了，趙公子還有三十多個師父留在這裡，打不死那青年壓也壓死他了。

所以這干「敗家子」更加得意忘形，甚至以一賠十豪賭起來，打賭蕭亮和冷血的勝負。

那三十幾個趙燕俠的師父，只遠遠的圍著，並不作聲，他們的任務是不能給冷血活著，但最好不必他們親自來動手。

他們也想看這一戰，雖然他們也不知道那神情堅忍猿背蜂腰的青年劍手是誰！

離離臉色蒼白，依柱而靠，小去、呼延五十和呼年也都不在她的身邊。

蕭亮卻在此時忽道：「我們不在這裡打。」

冷血本來揚起了劍，聽到這句話，劍尖垂地，道：「哦？」

蕭亮道：「因爲我們不是雞，也不是馬，更不是狗在互相咬噬，我們不給任何人押賭注。」

他冷冷地加了一句：「他們不配。」

六、七個豪門公子和近身家丁一聽之下，勃然大怒，紛紛搶罵：「嘿！敢拐著彎兒罵起大爺來了！」「這小子敢情是活不耐煩了！」「去你的——」

驀然劍光一閃。

人都止了聲。

那幾個出口惡詈的人，也沒看到什麼，同時都只見劍光一閃，耀目生花，頭上一陣辣勢，伸手一摸，刮沙沙的很不自在，彼此一望，差些兒沒叫出來。

——原來他們額頂都光了一大片，帽子方巾，冉冉落地。

蕭亮折劍一劃，毫毛簌簌而落。

那些貴介公子，可都沒有人敢再作聲。

這時有兩個人說話了。

一個臉大如盆，凹鼻掀天的老者吆喝道：「呔！姓蕭的！你敢窩裡反不成！好好敵人不殺，倒反過來算什麼玩意！」

另一個是大眼深陷，黃髮闊口的挽髻道人，罵道：「咄！趙公子命你殺人，不是要你賴著聊天的！」

這兩人都是趙燕俠的兩名師父。

能夠做趙燕俠的師父，手上當然有點硬功夫！

在他們說話之時，他們已有了準備，說罷都留心提防，不僅他們如是，其他三十個在場的「師父」，也是同樣：大家同在一處討飯吃，總要顧全彼此的飯碗。

沒料蕭亮只是淡淡的向冷血道：「我們出手找個沒人的地方再打。」

冷血道：「不能。」

蕭亮道：「爲什麼？」

冷血道：「剛才三師兄托我照顧那位姑娘；我跟你出去交手，就不能顧及她。」

蕭亮笑道：「那你跟她一道來。」

冷血也笑了，「那你不怕我二對一攻擊你？」

蕭亮哈哈笑道：「我怕麼？冷血是這種人嗎？」

冷血大笑道：「好！能與你一戰，痛快！」

圍觀的人驀聽那人是「神捕」冷血，都爲之一楞。冷血和蕭亮排眾而出，忽爾兩下疾逾閃電的光芒一繞，那兩名老師父慌忙後退，只覺臉上一涼，卻並無異狀，心道好險，幸而自己退得快。卻聽蕭亮道：「我與冷兄決一死戰，除那位姑娘外，誰跟來，誰就是與我爲敵。」說著刷地收了劍，大步行出「化蝶樓」。

冷血也收了劍。適才的兩道劍光，一道是他發的，另一道發自蕭亮。他很清楚蕭亮的劍法，也很明白此行之凶險。

他向離離示意，離離隨在他身後，跟了出去。

直至三人消失之後，「化蝶樓」才從鴉雀無聲中回轉到像一壺開沸了的壺水。

那兩個黃髮闊口和凹鼻掀大的師父正想爲自己能及時避過劍光的事誇耀一番之際，

忽覺眼前似灑了一陣黑雨，在眾人訕笑聲中，始知二人的四道眉毛，都給人剃掉了，迄今才削落下來。

——可是，兩道劍光，怎能剃掉四道眉毛？

這樣的劍法，教他們想也想不出來。

三

但此際的蕭亮與冷血，不單要想得出對方的劍法，而且還要破對方的劍法。

如果冷血的劍不是無鞘劍，蕭亮還有一個辦法可破他的劍法。

那就是在冷血未出劍之前先刺殺他。

只是冷血的劍是無鞘的，也就是說，根本不用拔劍出鞘，而且，蕭亮也不願意在一個劍手未拔劍之前下殺手。

那樣等於污辱了自己的劍。

冷血也有一個辦法可破掉蕭亮的劍法。

蕭亮曾出手三次，一次擊退離離，一次嚇阻那干跟地痞流氓沒什麼兩樣的少爺們，一次則是給趙燕俠其中二個師父小小「教訓」。

三次冷血都瞧得很清楚。

所以他肯定蕭亮的劍只有一個破法。

避開他的攻擊，欺上前去，與之拚命。

可是冷血也立即否決了自己的決策。

第一，他不想要蕭亮的性命。

第二，就算他想要蕭亮的命，也未必躲得過他的攻擊。

第三，如果蕭亮所用的不是一柄折劍，那自己的方法，或許還有望奏效。

但蕭亮用的是一把折劍。

已折的劍，可作短兵器用，冷血衝上去拚命，卻正好是對方劍法的發揮，這樣子的拚命，很容易便會拚掉自己的一條命。

冷血從來沒有遇過一個使劍的敵人能像蕭亮一般無懈可擊，正好蕭亮也是這般想法。

可惜他們已別無選擇的餘地。

誰的劍鋒染上了對方的血，誰便可以活著回去。

蕭亮還說是爲了報趙燕俠之恩而與冷血決鬥，但冷血呢？

——他又爲了什麼？

如果說是爲了正義，那末，正義又何曾爲他做了什麼？如果說是爲了江湖，那麼，江湖又何嘗給他些什麼？

或許，有些人活著，挫折、煎熬、打擊、污誣，都不能使他改變初衷，也不能使他有負初衷。

蕭亮驀然站住。

柔和平靜的青色山巒，在平野外悠然的起伏著，遠處有炊煙淡淡，眼前一片菜花，在平野間點綴著鮮黃與嫩綠。

黃和綠，那麼鮮亮的顏色，襯和著喜蝶翩躚其間，洋溢著人間多少煙火炊食的人情物意。疇野寂寂，菜花間有一棵枯木，枯木上生長著一株綠似楊柳生氣勃勃的嫩樹。

冷血深深吸一口氣，那黃綠鮮亮得像在沁涼空氣裡加添了顏彩的喜氣。

——好美的平野！

——好美的菜花！

蕭亮緩緩回身，「我們就在這裡決生死吧。」

第三回　決戰於黃花綠葉之上

一

這個平野菜圃，綠葉黃花，花莖細細高挑，嬌嫩清秀，使得四周的風都清甜了起來。

微風大概是自遠山那個方面吹來的。

那些山巒山勢輪廓，柔和的起伏著，透過一點點的陽光照在泥土散發的水霧中，山竟是淡淡的，那或許是因爲太遠之故。

陽光像一層金紗，輕柔的灑在花上。

遠處農寮邊，有個佝僂的農人在揮鋤。

看到了這麼美麗的地方，離離不禁要羨呼——但是她隨即想到，兩個驚世駭俗的劍手，要在此地作一場生死鬥。

一陣和風吹來，小黃花搖呀擺的，像給人吱嗝得笑起來，磨擦著莖上的小片綠葉，發出輕微的聲音。

微風裡還夾雜著農人鐵鋤落地的聲音，還有一隻田鼠，正從地洞上悄悄探出頭來，眼珠兒骨溜溜轉了一轉，又折了個彎鑽了回去，尾巴還露出一小截在土洞外。

和風也吹動了蕭亮和冷血的衣襟。

就像田疇的微風拂動菜花一般自然，冷血拔出了劍。

二

冷血的劍一亮出來，「神劍」蕭亮就往後退去。

冷血像一頭豹子，全身每一寸肌肉都燃燒著鬥志，他像鐵矢一般彈了出去，可是蕭亮卻像凌波仙子，憑虛御風，像風不經意吹落了一朵落瓣，他飄上了本來齊胸高低密集散布的菜花頂上。

但連一片花瓣都沒有給踩落下來。

他像一片輕絹，飄過花上，有時只在細細花莖上輕輕一踮。

冷血挺劍逼進，上身如破弦之矢，下盤卻如履薄冰，同樣不踏折一枝花莖。

「神劍」蕭亮退。

冷血急進。

兩人一進一退，已到了那棵枯木嫩枝前。

蕭亮已退無可退，忽有劍光亮了一亮。

冷血低叱了一聲：「著！」劍陡地遞刺出去。

蕭亮的身形，忽似嬌柔的黃花遭風吹時跟鄰近別的莖花葉絞在一起，但一彈就鬆開了，重新伸展嬌笑招手一般，蕭亮已到冷血的背後，就像菜花隨風解了圍一樣輕巧自如。

冷血一劍刺空。

原來蕭亮所在，成了枯樹。

冷血的劍正要刺入枯樹之際，驀然劍尖借力，在枯樹幹上點了一點。

這一點之力，使他的劍陡地反震，向後倒飛出去。

而他也倏地鬆手，再握時，握住了劍尖。

劍鍔已倒撞在背後的人的身上。

背後的人是蕭亮。

劍鍔就抵在蕭亮的胸口上。

蕭亮原已貼近冷血背後，但冷血向前的劍尖刺擊忽借力轉成自後倒擊，如果不是劍鍔，早已刺入蕭亮胸膛。

就算是劍鍔，冷血如果發力，蕭亮不死也得重傷。

三

蕭亮笑了。

和風吹來，花莖就像展開千百朵笑容曳手招搖。

他說：「好劍法。你四十九劍裡沒這一招。」說罷他迎風打了兩個哈啾，嘴裡哼了一首歌，飄然而去。

冷血不知道那是一首什麼歌，但那歌調就像這平野一般的親切，但又有幾分江湖人落魄的哀涼。

他緩緩收了劍。

這時候，微風徐來，「格勒」一聲，背後那一株嫩樹折倒下來。

冷血返身，看出折口處齊平，是一劍削斷。

他低首把劍插回腰帶，束了束腰帶，迎著風低聲說了一句話：「『神劍』蕭亮，願你開心。」

他望向一覽無盡的菜花平野，那是多少農人辛勤工作、汗水灑在泥土上的成長。只有辛勞者才有收獲，他練劍的路途上也是一樣。

所不同的只是，他練劍、殺人、除奸，農人耕耘、成長、收獲；但也有例外的，像他遇著蕭亮，不是他不殺蕭亮，而是蕭亮不殺他。

在他的劍尖藉力倒刺蕭亮之前，蕭亮已出劍。

劍越過他，劈倒了枯樹裡的綠樹。

劍劈小樹，殺意已盡，蕭亮沒有殺冷血。

他本來就不想殺冷血。

他只想唱一首歌，享受在微風裡打噴嚏的快樂，踏步離開這美麗的田疇。

冷血知道這些，他爲這蕭然一劍但仍爲無形情義所牽制的年輕人痛惜，願他快樂；但就連離離，也沒能看出這一戰勝負如何。

最莫名其妙的是那農夫。

他在耕作的時候，忽然聽到樹折的聲音，看到一個男子，冷然御風般自花上踏去；又看到一對天仙化人似的男女，在菜花上飄了出去。

他用染泥的袖子抹去沾在眼皮上的汗滴，心想：今年菜花開得太盛了，敢情開出了神仙來了。

四

當冷血與蕭亮在「化蝶樓」對峙之際，吳鐵翼和趙燕俠已破瓦而出，在櫛比鱗次的屋簷上飛掠縱伏，不一會，到了街角最後一進屋子簷前，趙燕俠比手示意，兩人往靜蕩蕩的巷子飛降下去。

趙燕俠飄然落地，胡哨一聲。

吳鐵翼疾道：「我都說過，我已出事，不宜再露面。」

趙燕俠回道：「卻不知那些鷹爪子會快到這個地步的。」

兩人才對了一句話，一棟大宅子的木門猝然打開，隨著馬嘶之聲，一部馬車奔了出來。

馬車在兩人所立足處驟停了下來，只停一下，即刻又聽皮鞭捲擊之聲，馬車疾駛而去！

馬車駛向那裡，不得而知。

但趙燕俠和吳鐵翼並沒有上馬車。

就在馬車停頓的片刻，兩人已藉馬車遮擋掠入大宅。

二人一進宅裡，門立即關上。

宅院看去並不闊大，但又深又長，吳鐵翼和趙燕俠掠過了一道又一道的長巷，每到一個轉折處，必先有人搶先開了門。

開到最後一道門，人聲喧囂，原來外面就是鬧市。

而隔壁是瓷房，正在把二十口大瓷缸，運到城北去。

二十口大缸分開五部驢車載，其中一部，走到落鳳崗的岔道上彎了進去，接上一個送殯的行列。

缸裡的人就一個躺在棺材裡一個變成了孝子，蜿蜒走到十字坡，只見叱喝清道、大旗飄揚，一家寫著「巾」字鏢局的鏢車隊恰恰經過。

吳鐵翼和趙燕俠變成睡在鏢車裡四十八口大箱子中的兩個，一直走到白犀潭附近，一部封篷馬車疾馳而來。

馬車沒有停，但吳鐵翼和趙燕俠已掠入馬車之中。

吳鐵翼入了馬車，只見車內十分寬敞，而且溫香撲鼻，桌上擺了山珍海味，至此吳鐵翼才向趙燕俠嘆道：「原來公子有了這等準備，我服了你了。」

趙燕俠哈哈笑道：「我有五十四個師父，其中兩三個，別的本領沒有，奇門遁甲，逃亡接送的法子，倒是一流。」

兩人相視而笑。

他們萬未料到，這句話還有第三者聽到。

不止還有第三者，而且還有第四者。

第三者是伏在車底，緊緊扣住車轅，耳朵貼在車底。

這人當然就是追命。

至於第四者，自然就是習玫紅。

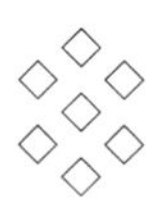

當然習玫紅是給追命捂住嘴「挾」了過來的，要不然，習玫紅到現在可能還是在苦追那第一部馬車，一直追到洛陽去。

而這部馬車是往大蚊里長驅而去的。

五

車子在山谷裡停了下來，已經過了八個哨卡，不過誰也沒有來檢查這部車。

因爲馬車裡載的就是趙燕俠，趙燕俠就是這一干人的主子。

誰也不敢來檢查自己主人的車子，就算是爲了安全，但誰也不會那麼笨，爲了主人的安全而先令自己置於不安全之境。

車子一停，馬上微微一沉，又向上一騰，兩個人已下了馬車，追命目送二人步履遠去。

兩人蜷在馬車底下灰塵撲得一頭一臉，但卻在此際吸到一股甜香，鼻子十分受用，忍不住多吸幾口。

習玫紅這一吸，吸進了一些砂塵，想要打噴嚏，剛張開了口，追命忙在她肩上一拍，一股潛力倒衝，把她要打的噴嚏逼了回去。

習玫紅想打噴嚏沒有打成，氣得瞪了他一眼，覺得一路上人家坐馬車好舒服，而她鑽車底扮哭喪的好難受，她平時可是在家出門也坐轎子的，稍想埋怨幾句，又給追命噤聲，要不是看在他是冷血三師兄的份上，她早就甩頭不理他了。

這時她只覺冷血的師兄們裡，要算這個酒鬼最討人厭。

她心裡覺得委屈，人還沒走遠，便雙手一鬆，想墜下地來爬出去活動筋絡，誰知背心給人一手托住，並不往下墜，她可是女兒家，一時粉腮通紅，要不是臉上沾滿了塵，絕瞞不過人。

她當即想罵：「幹什麼啊你——」誰知這句話還沒罵出來，就給人家用手指放唇邊「噓」了一聲。

她兀自爲打不出噴嚏，落不著地，又說不出話而生悶氣。直至吳、趙二人遠去，馬車又動了，追命才低低疾道：「現在！」手一鬆，落到地去。

習玫紅不及應變，「砰」地背脊撞地，雖不及天高，泥土也很軟沃，並不怎麼痛，但也把她氣得想賴著不動，追命見勢不妙，馬車一駛開去兩人豈不原形畢露？便扯著習玫紅，滾到一座小丘之後。

習玫紅一到土丘，一掌拍開了他的手，叱道：「想死啦你——」「啪」地一聲，追命一呆，忙縮了手。

習玫紅還想罵下去，追命又「噓」了一聲。習玫紅只得把話都吞了回去，很不痛快。

追命探首出土崗，探看有沒被人發現，誰知頭才一伸出去，脖子像硬住了似的，縮不回來。

習玫紅自然好奇，也伸長玉脖子，在追命背上探出去，一看，「嘩——」的半聲，另外半聲，是給追命捂住了口才沒叫下去。

要不是這時吳鐵翼和趙燕俠離二人藏身處極遠，而且山嵐勁急的話，兩人早就給人發現了。

隔了老半晌，追命責備似的看著習玫紅，心裡正在想：怎麼四師弟弄來了這麼一個難纏的女子？細看去這女子鳳目蛾眉，沒有沾著泥塵之處雪也似的白，文士帽沿近耳處垂了幾綹烏髮，竟是異常秀麗，又玉雪可愛。追命一瞥，覺得男女有別，忙放了手。

豈知追命手才一鬆，習玫紅鳳眼圓睜，還是把未完的驚嘆叫下去：「好美啊——」

追命急得臉肌抽搐：「求求妳，小姑娘，不要叫好不好——」

習玫紅因看到生平未見之美景，也忘了跟他計較，忽想起自己明明是女扮男裝，還跟他在車底擠在一起，可不能洩露了身分讓他恥笑，忙正色瞪住追命道：

「什麼姑娘，我是江湖上聞名的大俠——」

忽想起追命用那雙泥手捂過自己的嘴，忙用袖子揩拭，一面罵道：「死手、臭手、衰手！」

追命近乎哀求地道：「是了是了，小大俠，下次最多我捂妳的口時先洗手，這裡是龍潭虎穴，妳不要吵好不好？」

「還有下一次？」習玫紅忙掩住自己的嘴，湊過去低聲道：「下次告訴我，我自己捂好了。」

追命忙不迭點頭：「好，好，不過這裡是險地，小姑娘……小大俠最好還是不要叫的好。」

習玫紅聞言一笑，齒如編貝：「你怕了麼？嘿，不怕，有我在……」

追命只覺自己的頭有栲栳般大，忙道：「是，是，是，不過……」

誰知習玫紅以手指豎在唇邊，噓了一聲，這次把追命未完的話截下，她覺得報了仇佔回了上風，又興高采烈的用肘支在追命背部上挺過去探頭偷看谷口的情景。

她雖然已是第二次再看，但幾乎沒又叫出聲音來。

——實在太美了。

六

幽谷裡山嵐勁急，隱帶摩空之音。

山谷裡淡淡煙嵐，隨風飄浮，這谷地裡一片平壤，便是給五座上豐下銳嵯峨峻嶒的山勢所合抱，十分幽僻。

這千畝大的平地裡，卻是一陣令人觸目驚心的花海！

那花是金燦的顏色，葉小卻是翠綠，高如葵花，花似湧萼，葉往左右撐開，葉片上的細脈卻呈一條條金色小蛇一般，又薄如蟬翼。難得的是花朵大小相同，葉子長短近似，連枝幹高低亦整齊有致，分排並布，層次井然。這千百朵金花，每朵映日生輝，發出一種令人猶豫在世的絢麗色彩。

而這黃金麗縟，襯著翠玉的綠葉，風吹來時如千頃金波湧起，瀲灩波光，令人驚天地間造物之神奇；但風靜時空山寂寂，如碧綠無垠，金花點點，如畫中千里金蓮，令人胸懷大暢！

習玫紅從未見過這種花，她也從未見過有那麼多花！

而且這些花都是一模一樣，高低大小完全不差！

她不知道這些花叫做什麼名字，但在驚羨的她，畢竟也浮起一個疑問：

——吳鐵翼和趙燕俠，老遠跑來難道就爲了種花賞花？

第四回　霸王花

一

吳鐵翼與趙燕俠的對話，隨山嵐飄送過來，隱約可以聽聞得到。

趙說：「你叫我培植的花，全培植好了，你看怎樣？」

吳說：「太好了，比我想像中還要好，要不是公子的人手實力，有誰可以培植到如此壯觀！」

趙說：「這霸王花已種好了，藥也可以提煉了，現在下一步要看吳大人的了。」

吳說：「這個當然。不過，一切還需公子大力支持才能進行。」

趙大笑道：「這事情本就是我們兩個人的事，我押了注，本下得大，不能輸的，人手我有的是，至於賭注，則要吳大人替我加碼了。」

吳也笑道：「我們要是賭贏了這一局，贏的不只是錢財富貴，普天之下，都是我們的了。」

追命聽到此處，震了一震。

從趙燕俠和吳鐵翼的對話中，追命知道了幾件事：一，吳鐵翼和趙燕俠合作，種了這些花；二，吳鐵翼要利用趙燕俠的人手，而趙燕俠要利用吳鐵翼那批不義之財；三，這些花是趙燕俠、吳鐵翼奪取「天下」的必備之物；四，這些花叫做「霸王花」。

——可是這些花怎麼可能「奪取天下」？

正在追命百思不得其解的時候，習玫紅又叫了起來，聲音充滿了清脆喜悅：「你看，你看，好美，好——」

追命雖然不忍使這清甜悅耳的聲音止住，但他還是隨翻手腕，不過，習玫紅也及時發覺不妥，想起追命的泥手，忙自動住了口，只伸了伸舌頭。

——好險，差些沒給他捂著！

原來習玫紅一直都在看花，完全沒聽到那番對話。

這時夕陽西下，晚照餘霞，映得四外清明，這幽谷上空倦鳥飛還，四處峰巒插雲，峭壁參天，山環水抱，巖壑幽奇，最美的是遠處一處飛瀑，霞蔚雲蒸，隱隱冒出煙氣，竟是雪玉無聲的，敢情是高山上的冰至此融化成瀑，所以特別親近。

只見殘霞映在花上，一片金海，加上蟬鳴知了，鳥聲啁啾，令人意遠神怡。

卻在這時，那朵朵金花，猶似小童手臂一般，花瓣俱往內捲收了回去，由於花向蕾裡收的過程相當的快，肉眼居然可以親見這些花一齊收成了蕾，又像一同凋謝了一般。

這花開時美得不可逼觀，一齊盛放，絢爛至極，謝時卻同時凋收，彷彿可以聽到殘花泣淚之聲。

習玫紅是因這美景而失聲叫了起來的。

幸而趙燕俠與吳鐵翼也為這情景所迷，沒有留意其他聲音。

習玫紅心中暗怨：真倒楣！怎麼跟一個這麼沒有情趣的人在一個仙境也似的地方，要是冷血在就好了……想到冷血，心裡甜滋滋的，既忘了身處險境之中，也渾忘了冷血平時也給她埋怨千百次不懂情趣。

習玫紅想到那些花，就爲那些花可憐：才開了一下子，怎麼就要謝了呀……那些人叫它做「霸王花」，它那有霸王氣焰啊，應該叫做——

「對，開謝花！」她像發現了什麼似的，肯定地喃喃的說。

「就叫開謝花！」

追命莫名其妙。

二

趙燕俠和吳鐵翼還在說話。

趙燕俠的聲音在晚風裡聽來有幾分詭異的得意：「吳大人，你看，這花依時候開，依時候謝，培植完全成功。」

吳鐵翼也發出一聲讚嘆：「好，好，實在是出乎意料的好……只不知它的功效，趙公子有無驗過？」

趙燕俠道：「絕無問題。它的花汁，絕對可以使人喪失神志，只要一滴花汁，便可以使飲用一口井水的所有人中毒……而只要把用霸王花翠葉熬成的汁塗在身上，自然有一股香味，中毒的人就會迷迷痴痴，全聽有香味者的指令吩咐，叫他上刀山下油鍋，也不會抗命……」

吳鐵翼大笑起來，一面問：「那麼花莖和花根……」

趙燕俠道：「老樣子，花莖毒死人，花根是解藥。」

吳鐵翼道：「看來余求病所研究出來的藥方果然神妙……也幸有趙公子在天竺求得了霸王花種籽。」

趙燕俠道：「不過這花種也難以再獲……這些花易凋難長，這些已是我們七年心血。」

吳鐵翼笑嘆道：「要不然，我好好的大官不做，盡做些打家劫舍，傷天害理的事做什麼?可笑的是唐門還想利用我謀奪江湖大權，我好好的刀柄不拿，跟他搶刀鋒幹啥來著!?哈……」

趙燕俠也笑道：「其實花收割後，熬成各種藥汁，那時候，吳大人只要控制得了食水溪流，就連蜀中唐門，也不是一樣的甕中鱉!」

兩人都不約而同，笑了起來，但是兩人又同時生起了一個念頭：要是對方也正在準備把熬出來的毒汁先控制自己，那就糟了。兩人又為不期然地猜出對方也正是那末想著而有些不自然起來。

兩人都把視線轉移別處。

吳鐵翼道：「煎藥的副藥，我也收購了不少，應該夠用了。」

趙燕俠接道：「煉藥窟也掘成了，煉花煉葉，熬根煎莖的石窟，都在不同地方，有十幾個，大概暫時算是充足。」

吳鐵翼游目看去，只見山壁上確有一個個人工掘成的石窟，約有丈來高低，張臂寬闊，總共有十餘個，看去相當幽深，只聽趙燕俠問道：「卻不知吳大人的金銀珠寶，何時才到？要知道，有錢能使鬼推磨。少了這件東西，在藥未煉就前，是行不得的。」

「何況，」趙燕俠繼續道：「我們煉藥的器皿，仍然未夠……」

吳鐵翼卻打斷反問：「公子叫人來掘這些土洞，培植這些奇花，所費必鉅，但如今掘洞植花的人何去？」

趙燕俠目光閃動：「吳大人說呢？」

吳鐵翼長吟道：「有道是：鳥盡，弓藏，兔死，狗烹……」

趙燕俠笑道：「所以我已把他們給藏了，」指指地下，「烹了。」用手在頸項作一拭狀。

吳鐵翼哈哈笑道：「正合我意，趙公子做事，絕不拖泥帶水，爽快爽快。」

趙燕俠的手也搭摟在吳鐵翼肩膊，笑道：「大家都一樣，量小非君子，無毒不丈夫，要成大事，不能拘泥小節。」

追命一一聽在耳裡，已明白了大致情形七八分，看來他目前的任務，不只是要緝拿吳鐵翼歸案，而且還要摧毀這些毒花及煉藥的器具，還要把趙燕俠一併拿下。

可是趙燕俠的武功如何，他雖未能測出，但與之朋黨爲奸的吳鐵翼，已相當難惹，一身「劉備借荊州」的功力，十分陰狠毒辣，而趙燕俠的五十四個師父及吳鐵翼手下「風雷雨電」加起來更聲勢浩大，以自己一人之力，決挑不起。

他心中盤算之際，忽聽身邊的小女孩罵道：「死了！要死了！」

追命吃了一驚，只見習玫紅皺著兩道秀眉，不住伸手往後頸扒搔，只聽她罵道

：「死蚊子、臭蚊子，敢來咬我……」

追命猛想起離這裡大概不過十數里之遙就是大蚊里，而大蚊里曾出現過駭人聽聞的咬得人瘋狂的故事，心頭一慌，忙道：「別抓，別抓，讓我看看。」

習玫紅癢得不知如何是好，只是很不舒適，微扒開衣領，指著後頸說：「這裡，這裡，那死蚊子一口叮在我那裡……」

追命湊首過去，只見她後頸沾了點泥塵，便呵一口氣吹去，塵埃拂去，玉肌上有一個小腫塊，紅彤彤的，襯在玉頸上，很是鮮明；追命一看顏色，便知道沒毒，頓放下心頭大石，低聲笑道：「沒事的，是蚊子咬了一口罷了……」忽然住了聲。

追命忽爾停聲，不是爲了什麼，而是這時餘霞晚點，映在習玫紅的後頸上，那後頸的肌膚欺霜勝雪，近髮尾疏處還生有一顆小黑痣，剔透可愛，而頸尾幾綹髮絲微捲，隨秋風一送，微微揚了起來，並自衣襟裡發出一種處子的芬香，饒是見過世面澄神過慮頗有定力的追命，也難免一陣心蕩神搖。

但他畢竟潛神內照，返光內瑩，立即心性明定，向後仰了一仰。在他仰了一仰的時候，習玫紅卻天真浪漫，全不知自己在男子心中起了什麼激盪，猶自怨道：

「當然是蚊子叮的，死蚊子……要是蛇咬的，那還得了——」

說著，驀然止住。

習玫紅一直待在習家莊，甚少出來闖蕩，雖頗有豪情，但仍純真未泯。她在家裡，凡有什麼委屈，必與家人撒嬌傾吐，縱是踩死一隻蛤蟆，也要難過老半天，如果給毛蟲沾了一下，更向她大哥習笑風、二哥習秋崖嗲一會才甘心。而今遇著追命，當定冷血的三師兄也是自己人，便向他撒嬌起來，渾不知男女之防。

追命心裡不禁暗下嘆息：四師弟血氣方剛，這小姑娘未免有些心放形散，二人久聚一起，只怕免不了……

他卻不知習玫紅為何忽然住了嘴。

習玫紅停了聲，是忽然聽到蚊子的低聲嗚嗚飛鳴，她決定不動聲色，俟蚊子落定，要再吸她的血時，才一掌拍下，報一口之仇。

——誰叫你吸我的血——

追命的注意力又集中回銷燕俠和吳鐵翼的對話中。兩人的對話，恰好談到大蚊里的事件。

吳鐵翼：「聽說這些附近的大蚊里，曾發生了一連串的毒蚊事件，不知是不是公子的妙計安排？」

趙燕俠：「大蚊里的村民，離這兒較近，而此地是巍然獨峙的世外之地，十分適合種植霸王花，捨此之外恐再難見這樣完美的所在，偏是那些農夫獵戶有時瞎摸到此處來，我不略施小計，把他們唬走，只怕日後多事。」

吳鐵翼：「鄉野草民自然篤信神鬼之說，造場奇異瘟疫，不愁他們不走。」

趙燕俠：「正是，我把霸王花蕾足以致人瘋狂的毒液給蚊子吸了，放出去，咬了幾個人，全村人立刻都搬得一乾二淨。」

吳鐵翼：「這兒蚊子如許之多，你不怕那有毒的蚊子反咬了自己人麼？」

趙燕俠：「那有毒的蚊子是我們強使蚊子吸取毒液的，平時，牠們雖喜棲止在霸王花葉下，但卻不會吸取毒液。」

吳鐵翼：「哦？蚊子吸了毒液，反而不死，倒是人……」

趙燕俠：「這花就有那末怪。」

吳鐵翼：「奇怪的倒是蚊子，竟可抗拒如此厲毒？」

趙燕俠說：「這倒不稀奇，譬如人看不到的東西，狗可以看到；人感覺不到的預兆，螞蟻可以預知；毒蛇有劇毒，牠把毒藏在身上一點事也沒有；黃蜂有尖刺，卻不會刺著自己。像這些花也有劇毒，但開得如此美艷，旁人見了若不詳察究裡，又怎悉曉？」

吳鐵翼說：「那麼那三隻蚊子……？」

趙燕俠笑道：「吳大人怕牠們咬了自己？」

吳鐵翼道：「倒要防範。」

趙燕俠大笑道：「天下那麼大，誰知道三隻小小的蚊子飛到大蚊里後，又會飛到那去？何況蚊子有多少天的壽命？天下人那麼多，吳大人空擔心些什麼？」

吳鐵翼尷尬地笑笑，卻誰也沒料到，這時，乍響起「啪」地一聲清響。

這一聲清響，不是什麼聲音，而是習玫紅終於等到了那隻蚊子，嗡嗡嗚嗚的，盤旋又盤旋，飛翔又飛翔，終於而最後，在她的手背上落定。

習玫紅就一巴掌打下去。

「啪」地一聲，習玫紅心裡正喜得叫了出來——哈！這次你還不死！

她卻萬未料到，這一下，「死」的不是蚊子，而是她自己。

巴掌一響，不單追命怔住，而吳鐵翼及趙燕俠，也一齊有所警覺！

第三部 世事一場夢 人生幾度秋

第一回　大夢方覺曉

一

吳鐵翼倏捲起一聲大喝：「誰!?」

追命在習玫紅耳邊疾道：「妳快走，我斷後！」

——要對付吳鐵翼、趙燕俠還有五十四個師父及「風雷雨電」等一干手下，自己恐不是敵手！

——不管如何，先讓這小姑娘逃生，才算對得起四師弟冷血！

誰知道習玫紅柳眉倒豎，杏目圓睜道：「我不走！」

追命急道：「小姑娘，妳去，請援兵來這裡救我。」

習玫紅仍是擰頭，「那你去請援兵，找來救我。」

這時吳鐵翼又厲聲喝道：「朋友老不出來，我只好動手相請了！」

追命轉念如電射星飛：「冷血在化蝶樓跟『神劍』蕭亮搏戰可能遇險，只有妳才可以有能力救他，而且救了他再帶他來此地救我，妳就一連救了兩條人命了，好不？」

習玫紅聽得高興起來，想到每次都是冷血出鋒頭，這可給她威風一次了，便道：「好！」

追命迅道：「好，還不快去！」

伸手一推，把習玫紅推向斜裡竄出去，習玫紅十分機伶，趁著天色昏暗，借地勢土崗起伏掠去。

但習玫紅一動，吳鐵翼已怒嘯攫來！

追命正欲挺身而出，使吳鐵翼轉移目標，俾使習玫紅得隙衝出。

不料頭頂一個聲音懶洋洋地道：「吳老，你儘管天上飛的時候，有沒有想到，摔下來，是怎麼一個樣子？」

吳鐵翼一聽，人像被一口鑿子釘入了地裡，立時僵住，動也不動，雙目直勾勾地看著土崗之上。

土崗之下的追命，也正仰脖子往上望。

一輪皎潔明月正昇空。

二

只見一條人影，緩慢地、懶洋洋的，不慌不忙伸了個懶腰，打了個長長長的呵欠，正是那在化蝶樓打呵欠的公子。

在暮色中，吳鐵翼兩隻深邃的眼珠像兩點碧火，一個字一個字地道：「方覺曉？」

土崗上的人又打了個呵欠，「人生不如一夢啊。吳老，你夢見我，財寶就要飛了，是噩夢啊。我夢見你，錢財就塞到手心了，是好夢啊。究竟是你夢見我？還是我夢見你呢？」

吳鐵翼的長髯無風自動，顯然是極力竭抑著自己內心的憤怒。「方覺曉，你是怎麼來的？」

追命聽得心裡一動，他也很想知道答案。

誰知方曉覺說：「我做了一個夢，夢醒時，人在此荒山，對此良辰，賞此奇花，沐此皎月，見到你這樣的惡人了。」

吳鐵翼連長衫也鼓卜了起來，「你放屁！」

方覺曉說：「夢中無這一句。」

吳鐵翼怒道：「去你的春秋大夢！」

方覺曉嘆道：「對，對！孺子可教，春秋戰國，都不過一場南柯夢。」

吳鐵翼恨聲叱道：「今日我教你活著做夢來，死了歸土去！」

方覺曉悠然道：「是耶，非耶？化成蝴蝶！夢醒了無痕，更無去來。」

吳鐵翼氣歪了下巴：「你……」

趙燕俠忽道：「方公子……」

方覺曉道：「吾非公子，公子非吾。」

趙燕俠改口道：「方俠士……」

方覺曉截道：「夢裡人無分善惡，何能行俠？」

趙燕俠也不生氣：「方先生……」

方覺曉仍打岔道：「先生先死，方生方死，何分彼此。」

趙燕俠微微一笑，毫不氣餒，「『大夢』方覺曉……」

方覺曉這才稽首：「正合我脾胃，省了稱呼，多做些夢，最好。」

趙燕俠笑道：「方覺曉做夢，何以做到了敝處？」

方覺曉道：「我的夢是在你們車篷頂上做的。」

追命聽了心中一震。他扶持習玫紅躲在車底下匿進來，卻沒料到還有一個方覺曉在車篷上混了進來，而且一直在自己藏身的土崗之上，自己一直沒有發現，且不論方覺曉有沒有發現他，這份功力都可算非同凡響。

趙燕俠笑道：「方覺曉做夢，可是做對了地方了！」

方覺曉笑問：「哦？」

趙燕俠微微笑道：「我們的舉世功業，正萬求不得『大夢』方覺曉的臂助，若蒙相允，咱們視先生爲供奉，如獲神助。」

方覺曉搖頭擺腦，居然在月光下踱著方步，反覆思哦。

追命卻聽得手一緊，握緊了拳頭。

——如果方覺曉肯加入這干邪魔歪道，吳鐵翼加趙燕俠加上方覺曉還有「神劍」蕭亮，這樣子的陣容，就算「四大名捕」一起出手，也未必挑得了！

方覺曉笑了，「大夢方覺曉。」

趙燕俠不明白他在說些什麼，只能以不解的神情望著他。

方覺曉搖頭擺腦地說：「我已經是『大夢方覺曉』了，你們又圖以夢想來誘我，其實成敗利鈍，不過都是一場大夢，我既有夢，你們的夢，我敬謝不敏。」

吳鐵翼怒笑道：「方覺曉，你這是好夢不做做噩夢！」

方覺曉悠然嘆道：「誰教江湖人中相傳吳鐵翼遇上了方覺曉便等於命裡逢著了剋星，這噩夢敢情是你前世欠我的。」

吳鐵翼也不答話，只叱喝一聲：「風、雨、雷、電！」

只見暗暗青穹中人影倏現，霳勒勒一陣連響，隱有殷殷雷電，挾空劈來，追命眼快瞥見四人各在土崗之上，居高臨下，準備撲擊方覺曉。

這四人就是日前所見的唐又、于七十、文震旦、佘求病四大高手！

追命知道四人決不易鬥，想揚聲警告方覺曉，卻聽方覺曉道：「你知道江湖人爲什麼傳我『管不義事，劫不義財，殺不義人，留不義名』麼？」

他彷彿完全不覺察四人的存在：「我既管不義之事，取不義之財，誅不義之人，又爲何留的是不義之名？」

方覺曉倒是自問自答：「那是因爲我殺人的方式，太過令人深惡痛絕。」

他笑笑又道：「我是把對方武功極纖微的懈隙之處，加以利用而殺之，江湖上人人危懼，怕我有日也用這種有無相佰、虛實相應、由靜生動、以動滅靜的伎倆來對付他們的絕藝，所以都說我不學無術，雕蟲小技，打勝了是僥倖落得個不義之名。」

他笑著反問：「你說，江湖人好不好玩？」他問這一句的時候，眼光有意無意，瞟向追命。

追命不禁苦笑。

武林中人氣量狹隘，跟文人可以並齊，遠超乎一般人想像，當然也有氣態豁達者，但就一般而言，攫權奪利，逞強好勝，明爭暗鬥，好名貪欲，在所多有，以致武林常起血腥風暴。文林亦不免黨同伐異，手段之毒，難以想像。「大夢」方覺曉有才無權，又孑立不群，人畏他武功深不可測，又知他獨來獨往，縱行俠仗義於世，不免視之爲邪魔外道，加諸於不義之名，方免其坐大了。

這是江湖人的悲哀。

方覺曉神情灑脫，孤傲自潔，但他問了這句話，即是說他仍不能超塵夢中，仍是介懷於這句話。

但是江湖上有的是流言蜚語，若然介耿於心，又何有安寧之日？

就連「四大名捕」，不也一樣被一些人惡意中傷爲朝廷爪牙、宦官走狗之輩？追命等對此，只能充作不聞，否則早就掛冠忿然而去了。

但聞方覺曉又道：「所以我出手，狠出了名，最好，不要逼我動手，否則，一場大夢，醒時十里荒塚自悽寒了。」

趙燕俠道：「方覺曉，本來你可以走的，可惜你卻來了這裡！」

方覺曉淡淡地道：「來了這裡，就算你不殺我，也怕秘密外洩，是不是？」

趙燕俠有些歉意的笑了笑：「你想不死，只有一法。」

方覺曉笑道：「爲你所用？你不怕我謀叛作反？」

趙燕俠道：「飲下花汁，就不怕了。」

方覺曉道：「那我豈不等於行屍走肉？還是死了好了。」

趙燕俠長嘆道：「你既求死，只好死了。」

他的話才說完，迎空下了一陣驟雨！

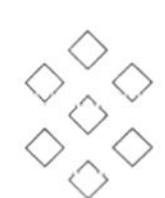

這時天色已暗，暮色四合，一點殘霞，血一般的墜在碧綠的崖前，映得那無聲滾湧的雪瀑隱透紅光，陰涼深寒。

那一陣密雨，像一盆水般卻只向方覺曉一人潑落。

那不是雨。

那是暗器。

文震旦的暗器。

三

方覺曉本來還在談著笑著，忽然之間，身形慢動，已脫下兩隻布鞋，揚晃一兜，數十點密雨似的銀光，全收入了布鞋之內。

但唐又已經出手。

他一揚手，火星滾滾，烈焰飛揚，火龍似的捲向方覺曉。

方覺曉身形一晃，已沒入花叢之中。

花海平垠，恍似碧波無紋。

吳鐵翼春雷似的喝了一聲：「別燒了花——」

唐又自然吃了一驚，但「雷火」已發了出去，收不回來，只怕焚及花海，急忙向余求病求救，「大旗捲風」余求病忙用「都天烈火旗」一罩，把火焰盡滅。

余求病正撲滅火焰之際，「颼」地一聲，一人沖天而起。

余求病是「風、雷、雨、電」中的風，輕功最高，而且正居高臨下，但正在他彎身滅火之際，不意白影一閃，破空而起，猶在自己之上。

余求病大驚，大旗急捲，只見方覺曉夜鳥似的在月光下飛翔起來，冰飛雪舞般地捲入了大旗所發的罡飆怒號之中。

于七十見余求病有危，即和身撲來，雷電鎚鑿，一起向方覺曉背後劈到！

只聽一陣摧斷散裂之聲，雷鳴風怒，軋然而絕，于七十的鎚鑿，打入了余求病身體之內，幾乎將余求病身軀震炸得血肉橫飛！

而余求病的大旗，卻不知怎地，纏勒上了于七十的脖子，于七十裂目伸舌，足有半尺來長，臉色漲紫，雙手紮腳落了下來，僵在地上，已然氣絕。

才一個照面，方覺曉已格斃「風」余求病、「雷」于七十兩人！

同時間，唐又的暗器已發了出去。

方覺曉居高臨下，利弊懸殊，箝制余求病，又引動余求病與于七十互刺而歿，但他力已盡餘勢已衰，唐又的暗器正打在他背上。

這風吹電逝的光景，文震旦也搶身撲至，倏然之間，臉上忽給人打了一把暗器。

這暗器正是他腰間鏢囊中的毒砂。

在星飛電掣的瞬間，敵人已在他鏢囊掏出了毒砂殺掉了他。

唐叉也在同一刹那，發現自己已爲暗器所中，只是彷彿幻影，而自己胸膛，也突然像給一口沾滿了千百把利刃的釘板拍入一般，原來自己所發的暗器，全在龍飛電掣瞬息之間，被方覺曉以袖一挽，引得倒飛了回來，射了個滿膛滿腹。

唐叉和文震旦倒下去的時候，離于七十及余求病之死，不到彈指功夫。

吳鐵翼座下四大高手，一齊斃命。

「風、雷、雨、電」要動手的時候，追命正想出去助方覺曉一臂之力，可是，他現在已打消了主意。

連吳鐵翼也改變了念頭。

原本在余求病、文震旦、于七十、唐叉出手圍攻的時候，吳鐵翼想趁隙偷施暗襲。

但他現在也看得出來，不但沒有這個必要，而且也來不及了。

只聞方覺曉拍了拍手，又打了個呵欠，漫聲道：「我看，趙公子的五十四個師父，也不必出來冒這趟渾水了吧？」

四

一陣稀落掌聲傳來。

「好功夫！」

拍掌的人居然是趙燕俠。

「剛才方兄所表演的就是江湖上已聞名了五百年，卻不見有人會使的『顛倒乾坤五行移轉大法』了？」

方覺曉微微笑道：「名字長死了，就叫『大夢神功』不好嗎？」

趙燕俠笑道：「好個『大夢神功』，跟吳大人『劉備借荊州』的『借力神功』，可有異曲同工之妙！」

方覺曉不以爲然：「曲是異曲，我的洪正，他的萎靡。」

吳鐵翼眼見方覺曉武功著實非同小可，不怒反笑：「方兄和我，不如合作，正好如虎添翼，各得其利！」

方覺曉道：「奇怪？」

吳鐵翼問：「方兄有何納悶之處？」

方覺曉道：「我不知何時與你稱兄道弟來著？」

吳鐵翼臉色一沉，強自壓制。趙燕俠卻道：「閣下卻不知道一件事。」

方覺曉也不相詢，微微笑著看他。

他知道趙燕俠既然問得出口，就一定會說下去。

趙燕俠果然說了下去：「閣下不知道『顛倒乾坤五行移轉大法』最忌的是『大須彌正反九宮仙陣』。」

方覺曉微微一震，臉上卻不動聲色，「這正如『大夢神功』怕醒一樣。」

他笑了笑又道：「可惜，你所說的那種陣法，迄今已無一人能使。」

趙燕俠笑說：「非也。」

這回到方覺曉忍不住要問：「難道……」

趙燕俠截道：「天下確然無一人能催動這『大須彌正反九宮仙陣』，但卻有五十四人能同時合力施展。」

方覺曉‧哂道：「閣下的五十四位師父？」

趙燕俠一笑道：「在下的五十四位師尊，武功雖然不濟，但奇門雜學，無不精博，方公子不可小覷了。」

說罷，趙燕俠拍了拍手掌。

五十四個人，魚貫而出，各依方位站好。

追命一見，心中一陣憂急，看來趙燕俠五十四個師父皆已返回，化蝶樓事釁已休，卻不知冷血如何了？

方覺曉臉色較爲凝重，道：「這陣既已擺下，我只好破陣了。」

趙燕俠揚手道：「方公子自管請便。」

趙燕俠揚手之際，五十四人立即發動陣勢，這陣勢其實不離「生死幻滅晦明之門」和兩儀四象的生剋變化，竅妙玄奥，但是走易變位之際，五十四人爲奥援，等於是一個人，倏忽間有了五十四雙手臂，五十四對眼睛，而且還身兼五十四人的功力，這就如同風雷殺伐、山崩海嘯，有飆輪雷轉之巨力。

方覺曉善施借力打力、著力化力，但五十四人飆輪霞轉消長不休之力，卻非他一人所能化解！

第二回　破陣破夢

一

五十四人所施動之「大須彌正反九宮仙陣」將方覺曉困住。

方覺曉在陣中只覺耳鳴心怖，頭昏目眩，陣內塵霾障目，騰挪捲舞，如處身洪濤萬里，無可落腳之處，每發出去的功力，被此東彼西，此南彼北的虛實相生，有無相應的九宮反剋五行牽制，無法發揮，一時如孤軍危域，田橫絕島，俱受束縛，又如強仇壓境，矢盡糧空，以致退無死所。

方覺曉的「大夢神功」，實則由「顛倒乾坤五行移轉大法」演繹而來，搏弄陰陽生剋五行，倒轉八卦，將發力者還於其身，但五十四人所催發之「大須彌正反九宮仙陣」，亦是參大象地，應物此事，暗合易理，借力反挫，方覺曉的功力無可宣洩，以一人力敵五十四，實非易事。

他陷入陣中，只見刀光劍影，一脫亂閃，稍一不慎，即爲所傷，卻又無法脫身。雖聞衣袂之聲就在近處，但上天入地，橫衝直撞，俱被擋回。

只要被困在陣中的人稍一焦躁，即群相雜呈，乘機潛襲，心裡頭只要一想到大事不好，此心相即爲對方所用，千慮百念，隨相而生，直熬得人走火入魔爲止！

方覺曉的「大夢神功」，還只是借人之外力剋制對方，但五十四人之陣乃質定形虛，借對方象由心生，境隨念滅的現諸恐怖、瞬思電變來痛擊對方，諸如恐怖焦急、遠近富貴貧賤憂樂苦厄鬼怪神仙佛、七情六慾、恐怖焦急、無量雜想，稍一著相，便不戰自敗，死在陣中。

方覺曉神明朗澈，心靈湛定，但也只能固守，而無反攻之力。

就在這時「砰」地一聲，五十四人所捲起如石障圍壓、陰靈鬼怪的大陣中，驀然有了一道缺口。

缺口一破，隨著一聲悲喊，一人仆倒地上；方覺曉拔出對方腰間的劍，劈倒了他，又揉身搶了一把銀戟，刺穿了另一人的咽喉。

陣既破，局面大變。

方覺曉像一陣風似的飛起，一列花梗，倒了下去，三個高手，齊腰斬斷，三件軀體落地之際，一個人要掏出雷火彈，手臂被反折，竟把雷火彈倒吞入口，在他腹內爆炸開來。

另外兩名高手的大環刀與人朴刀一起斫回自己的脖子上。

當倒下去的敵人數到了十二，方覺曉才停了手，負手於後，走出陣中。月光下，他出水芙蓉般清奇秀氣，但倦意更濃。

「大須彌正反九宮仙陣」已破。

剩下的四十二人，絕對無法也無力再組此陣。

但方覺曉內心裡清清楚楚地知道，要不是五十四人其中一人忽然仆倒，這陣他絕對破不了。

他明白這人的仆倒是因為土崗後的追命。

除了他自己瞭解，追命心知之外，其實還有一人知曉。

這人是五十四名「師父」中的一個，長得一雙黃眼，生在額上，鼻聳朝天，一張大闊口，樣貌甚是古怪。

其實他不只模樣古怪，武功也古怪得很。所以他心裡一清二楚，自己是給人絆倒的。

可是他卻不敢聲張。

因為這大陣被攻破，全因自己一仆之故，在行施陣法時，誰也來不及理會誰，只顧全力以赴，若他自己不提，無人會知是他闖的禍，如果他自供出來，這一陣之敗，可全攬在他的身上了。

他也是江湖人。

江湖人最懂得如何「獨善其身」。

何況在趙公子麾下，好聽的是當個「師父」，但要面對那麼多「同行」，競爭之大、壓力之重，也是奇鉅，這位「師父」還不會傻到自絕門戶。

故此他也絕口不提。

所以在陣勢發動狂飆捲旋之際，誰也不曾留意那條伸出來又收回去的一條腿。

也沒有發現追命就在那裡。

二

方覺曉的倦意愈來愈盛，他對吳鐵翼說：「該我們了；」又轉首向趙燕俠道：「你走吧，我不殺你。」

趙燕俠似未料到方覺曉能破「大須彌陣」，一時怔住，說不出話。

吳鐵翼見勢不妙，忙道：「趙公子，對付這等妖賊，不必顧及江湖道義，我們合力把他除去。」

方覺曉淡淡地道：「何須多言，你們早已五十四敵一，何必惺惺作態呢！」

吳鐵翼怒叱：「你少賣狂──」

方覺曉卻已吟道：「世──事──」

吳鐵翼一震，倏然出手！

他再也無法延挨即刻出手，是因爲他從傳聞知悉方覺曉的習性。

──方覺曉「殺不義人」之前的習性是：通常給對方一個機會，把「世事一場大夢，人生幾度秋涼」，十二個字唸完，若對方逃得了，或在方覺曉吟罷二句尙未被擊倒，就可以放他一條生路。

也就是說，方覺曉一旦吟起這兩句詩，就是把對方當作頭號大敵，而且已準備動手了。

——先下手爲強！

——後下手遭殃！

吳鐵翼既不能逃——一旦逃遁，就算成功，這「霸王花」的霸業豈不圖空！

◇◇◇

他一動手，全身衣衫，像狂飆怒濤般但無聲無息地湧捲過去，只要對方一生抗力，他便以「劉備借荊州」的怪功倒移過去，反挫對方，把對方格斃當堂！

追命望去，只見暮夜的空間，月色下，沒有發出一絲聲音，影子纏著影子，飛躍對著飛躍，肉體追擊著肉體，一切都靜悄悄的，反令人不寒而慄。

但是，方覺曉卻像忽然變成了一具沒有生命的肉體。

吳鐵翼的武功，可謂極高，他的「劉備借荊州」神功如水銀瀉地，無孔不入，但面對一個不帶一絲殺氣、靜若湖水的人，不但毫無懈障，連一絲氣魄氣勢都無。

吳鐵翼的武功再高，至此也毫無用處。

而他的「劉備借荊州」神功已然運氣，並且已如箭在弦上，不得不發。

但對方無懈可擊，又無力可借。

對方就像一棵樹、一塊巨石，更像一片飄浮的羽毛。

他想借對方的鬥志來反挫之，但對方似根本無意要贏，這種不以打敗敵人為勝，又不以被敵人打敗為贏的氣態，使吳鐵翼面對潰敗。

——如果把力道發出來，迎虛而擊，萬一被對方以實反乘，必死無疑！

對方淡若飄鴻的肉體，虛無定向，只漫吟下去：「——一——場——大——夢——」

吳鐵翼本來巴不得對方趕快把「世事一場大夢，人生幾度秋涼」吟完，因為愈快吟完，自己就至少可保不死。

——方覺曉以吟十二字殺人，若二句吟完人不死，當不再殺，以方覺曉聞名，決不致反悔罷！

但方覺曉才吟完了第一句，吳鐵翼已覺不支。

他既不敢把巨力發出去，罡風兀自在身上各處穴道流竄，十分辛苦，他唯有把身上所蘊之巨勁偷偷化去。

卻沒料他心念才動，正要化去內力，方覺曉已然反守爲攻，易客爲主，轉虛爲實，發動了攻勢。

那時他才唸到第二句第一個字：「人——」

「生」字未出，吳鐵翼已仰天噴出一口血箭，倒飛三丈，噗地坐跌地上！

三

月光下，方覺曉冷冷地望著吳鐵翼，道：「還有五個字，可由你來說，你說得怎麼快都好，因爲——」

他淡淡一笑繼續道：「這可能是你最後一句話了。」

追命目睹方覺曉飛龍夭矯般擊殺「風、雷、雨、電」四大高手，知他身懷絕技，雖曾助他破「大須彌陣」，見他銀流飛瀉一瞥而逝地搏殺十二敵手，已心中欽佩，及此眼看他在七個字間擊殺吳鐵翼，其中兩個字還是先說出口才動手的，心裡稱奇欣羨，已知其人功力，非自己所能及。

吳鐵翼喘息急促了起來：「我……我的寶藏，你還未知，你，你不能殺我！」

方覺曉搖首道：「我要殺你，是因為聽聞你舊部說起你的劣跡，實令人齒冷，至於財寶，有沒有都是一場浮雲夢，我不稀罕……所以，我沒什麼不能殺你的理由！」

吳鐵翼返首向趙燕俠哀告道：「趙公子……」

方覺曉對趙燕俠冷冷地道：「趁我還未對你動殺機，你滾吧！」

趙燕俠望了望地上的吳鐵翼，悠悠地道：「難怪江湖上傳聞：方覺曉是吳鐵翼的剋星，而今一見，方才知道傳言非安。」

他笑了笑又道：「吳大人的『劉備借荊州』神功，刁鑽古怪，氣態沉雄，但遇上大夢方兄的『大夢神功』，一一化解於無形，不由得我不佩服。」

他嘆了一聲又說：「本來，方兄留我不殺，有心保存，我也該知趣走了，只惜……」

他雙眉一振接道：「江湖上又傳云：『大夢』方覺曉的剋星是『神劍』蕭亮……而『神劍』蕭亮，偏偏又在此際及時趕到，使我就算想走，也不忍錯過這一場精彩格鬥。」

「大夢」方覺曉的臉上陡似塗了一層白霜。

月色皎潔，花海靜眠。

「大夢」方覺曉霍然轉身，就看見一個神情落寞的青年。

方覺曉眼眸裡蒙上了一層特殊的感情。

「你來了。」

「神劍」蕭亮來了。

四

蕭亮一來，還未說話，先打了一個噴嚏，方覺曉卻長長地打了一個呵欠。

蕭亮稍一稽首，道：「師兄。」

方覺曉也喚了一聲：「師弟。」

蕭亮道：「師兄的老毛病，好像還未痊癒？」

方覺曉笑道：「大概天下問病者最不想治好的病，就是懶病；我一天打三百多個呵欠，等於是享受，這病還是不要去掉的好。」

語音一頓，反問蕭亮：「師弟的鼻病，好像也沒好全？」

蕭亮笑了一笑，道：「人生裡沒有十全十美的事，沒有鼻病，又焉知沒有其他疾害纏身？有了鼻病，倒是可以提醒自己身子健朗的好處。何況，一天打他百來個噴嚏，讓氣通一通，實在是好事。」

說著，又打了一個哈啾，掏出雪白的巾帕，揩抹了鼻子一下。

方覺曉答了，有說不出的倦慵之意，「咱們師兄弟的毛病，只怕都改不了。」

蕭亮也笑了，笑意裡有說不盡的寂寞，「所以師父說過，哈啾對呵欠，難免一場戰，看來，真是無可避免了。」

方覺曉道：「我們師兄弟，入門、學藝，都不同時，只見過三次面，這是第四次，沒想到第四次見面就……」

蕭亮道：「你學了師父的『大夢』，我學了師父的『神劍』，只怕這一戰，早已注定。」

方覺曉搖首道：「我還是不明白。」

蕭亮道：「你不明白什麼？」

方覺曉道：「你跟趙燕俠、吳鐵翼，絕非一路，何苦要爲他們而戰？」

蕭亮長嘆了一聲，語音寂寞無奈。「我不是爲他們而戰，我實是爲自己的承諾、報恩、不再受人羈制而戰。」

方覺曉道：「哦？」

追命也在留神聆聽。他乍見「神劍」蕭亮出現之際，便聯想到冷血可能在「化蝶樓」出事了，否則，「神劍」蕭亮又焉能好端端的出現此處？蕭亮在武林中形蹤飄忽，行事詭奇，一向行事，雖嫌過火，但光明磊落，嫉惡如仇，何致甘爲趙燕俠等所用？

只聽蕭亮道：「你因質稟聰奇，被恩師收錄爲徒，但你家底豐存，除了閒懶，就是習武，可以不顧及其他。」

他嘴角下拗，現出了一個微帶悽涼的微笑：「而我呢？」

方覺曉悠悠嘆道：「我知道師弟家境不好……不過，我當時卻連師弟你也沒見過，又如何得知此事？」

蕭亮道：「這事與人無尤，師兄不必歉疚。只是我藝成之前，貧無立錐之地，家慈飢寒，全仗趙公子之父大力接濟，才令我母度過飢貧，及至我練成劍法……」

方覺曉失聲道：「是趙一之？」

趙一之就是趙燕俠的父親，以修橋整路，多行善事名揚於世。

蕭亮點頭。

方覺曉沉吟後毅然道：「我不殺趙燕俠，你不必跟我動手。」

蕭亮搖頭。「沒有用。趙大善人不要我回報，只要我答應他的孩子，出手三次。」

他無奈又帶譏誚地一笑道：「也許，趙大善人是看出他的兒子多行不義，將來必有劫難臨頭，想借我這柄仰仗他的善心才能練我的劍，來替他後裔化解這一劫。」

方覺曉道：「所以，化蝶樓上，你替他擋住冷血。」

蕭亮道：「那是第一次。」

方覺曉道：「那麼跟我這一場，是第二次了？」

蕭亮搖搖頭，又點了點頭：「也是第三次。」

方覺曉微詫道：「怎麼說？」

蕭亮目露厲芒，向趙燕俠投去：「我說過的話，決不食言。爲他出手三次，我當履行，不過其中若有朋友兄弟在，則一回出手當二次算計，這一次，亦即是我最後爲他出手的一次。」

他回頭凝視方覺曉：「不管你殺了我，還是我殺了你，我自當全力施爲，不過不管死的是你是我，餘下一人，都可殺了他替對方報仇！」

這句話說得斬釘截鐵，毫無迴旋餘地，聽得連趙燕俠都爲之一震。

方覺曉唉了一聲，道：「蕭師弟，大丈夫言而有信，言出必行，自當如此，但這樣作法，不是害人誤己，徒結怨仇，於己不利麼？」

蕭亮慘笑道：「我又不能不履行諾言，丈夫在世，理應惜言如金，既已答允，就算悖犯天條亦在所不惜，練劍的人，本就要摒除佛魔，只要在修劍道上遇障礙，不管是天地君親師，兄弟妻兒友，一概盡除。」

方覺曉只冷冷地待他說完之後才反問一句：「要成劍道，須得六親不認，無私無欲也無情，方得成道。問題是——縱能成道，這樣的斷絕情緣，你做不做得到？」

蕭亮沉聲道：「你我師出同門，這一戰，便是離經叛道。」

方覺曉道：「若真能以無反顧、無死所、無所畏來修劍道，你又何必重然諾一至於斯？」

蕭亮無言，良久，才日瞳烱烱，向趙燕俠厲視道：「要化解這一場災劫，只有在他。」

方覺曉向趙燕俠望去。

趙燕俠悠哉遊哉的負手而立，幽然道：「久聞前代大俠『大夢神劍』顧夕朝武功出神入化，而今他的兩位嫡傳徒弟要一決雌雄，這樣的對決，縱拚上一死，也非看不可。」他這樣說來，彷彿蕭亮與方覺曉之戰，與他全然無關似的，他只是爲觀戰而來一般。

但這一句話，無疑是堅持要蕭亮非與方覺曉一戰不可。

蕭亮長吸了一口氣向趙燕俠一字一句地道：「趙燕俠，這一戰之後，若我沒死，下一戰就是你。」

方覺曉打了一個大大的呵欠，瞇著精光炯炯的小眼睛向趙燕俠道：「若活下來的是我，我也要殺你。」

趙燕俠卻毫不在意地笑道：「是啊，不過，『神劍』蕭亮和『大夢』方覺曉，卻難免先要決一生死不可。」

他說完了這句話，場面立時靜了下來。

場中彷彿只剩下了方覺曉、蕭亮兩人。

第三回　大夢神劍

一

花靜如海，冰輪皎空。

方覺曉與蕭亮遙向對應，彼此身上不帶一絲殺氣。

蕭亮苦笑道：「我不能敗。」

方覺曉明白。「神劍」蕭亮的劍，在於決勝負，若不能贏，就只有輸，每勝一次，劍氣更熾，劍鋒每飲一滴敵人血，劍芒更盛！

但只要敗一次，便永無勝機，就像一個永遠只有前進而無法後退的戰神，敗等於死。

何況蕭亮劍是折劍，一柄折劍仍當劍使，是表示了不能再折的決心。

可是方覺曉也不能敗。

世事本是一場大夢，成敗本不應放在心上，但是方覺曉卻知道，他可以堅持這種不以勝爲勝以敗爲輸的態度去對付任何挑戰，卻不能用這種方法來應付「神劍」蕭亮。

因爲「神劍」蕭亮的劍法是「以威壓敵，以勢勝之」。

這種方法是取自兵法上：「威，臨節不變。」且以「不動制敵，謂之威；既動制敵，謂之勢。威以靜是千變，勢以動應萬化。」以成威勢。

最可怕的是蕭亮的劍法，在顛微毫末之間，生出電掣星飛的變化，在靜之威中生動之勢，而動勢遽轉而爲靜，憑虛搏敵，無有不應。

方覺曉的「大夢神功」是借對方之法而反挫，但面對蕭亮若仍持無可不可之態度，則不及自靜以觀變，相機處置蕭亮由威勢動靜中所生之攻擊。

除非方覺曉一反常態，先以必勝之心，運「大夢神功」，罩住對方，一觸即發，先行反撲，才有勝望。

否則必敗無疑。

所以方覺曉也微微一嘆：「我也不能敗。」

兩個只能勝，不能敗的同門決戰，結果往往是一方勝，一方敗，或兩敗俱傷。

可惜他們都沒有另一條可選之路。

二

方覺曉誅殺「風、雷、雨、電」四大高手，再破「大須彌陣」殺十二人，挫敗吳鐵翼，他都沒有亮出武器。

此刻他終於亮出了兵器。

他的兵器原來是一面鏡子。

寬一尺，高三尺，厚約半寸的一面琉璃人鏡。

他這件武器，輕若水晶，也不知是什麼製的，自懷中取出時只不過一個方盒大小，打開來卻迅即變大，光可鑒人，鬚眉纖毫，無不畢現。

晶鏡在月光下熒熒浮亮。

眾人連追命在內，都不知他此刻取出面鏡子有何用途，只曉得方覺曉適在難中，仍不肯用這面鏡子，此際方才使用，必是殺手鐧。

只見蕭亮劍眉一豎，雙目熠熠，一個字一個字地道：「昊天鏡!?」

三

方覺曉微嗤一聲，似在自嘲，「昊天鏡，師父所傳，師父所授，師父所贈，沒想到……」

蕭亮又打了一個噴嚏。

他這個噴嚏一打，即時髮披於肩，厲瞳若電，威稜四射，緩緩提起了折劍：「沒想到……昊天鏡有一天對上了神折劍！」

這是決鬥前的最後一句話。

蕭亮的心胸被鬥志所燒痛，但他尚未出手，發現方覺曉有著同樣的殺氣如山湧來。

當兩人氣勢盛極又完全一樣時，就像兩把劍尖相抵，因而發出灼烈的火花。蕭亮發現自己的殺氣愈大，對方的殺氣也反迫了過來，他只有滲乾坤於一粟，縮萬類看方咫，只酌斟眼前一步，只專注手下一劍。

由於他並不一味猛進，反而定靜待機，風拂過，對方人影一閃。

——是對方先沉不住氣!?

蕭亮已無暇多想，光霞瀲灩的劍芒，發出了飆飛電駛的一刺！

他這一劍，果然命中。

只聽一聲清脆的碎裂之聲，晶鏡四裂，碎片逆濺，他刺中的是他自己的影子。

這剎那間，他所有的殺氣銳氣，全發了出來，刺在虛無的自己之中。

方覺曉已滑到了他的背後。

他雖無法把蕭亮一劍反擊回去，但已用「昊天鏡」行起「大夢神功」，將蕭亮的「神折劍」消弭於無形。

此刻他要做的是先封住蕭亮的穴道，然後搏殺吳鐵翼，再解蕭亮穴道。

他以「昊天鏡」及「大夢神功」破蕭亮一劍，已十分喫力，卻沒料在這電掣星飛的剎那之間，一股巨力，斜裡湧至！

這時他的掌已貼到蕭亮背心「背心穴」上，他本來只想以潛力暫封蕭亮穴道，那股怪勁一到，如異地風雷，方覺曉應變奇速，身如浮沙薄雲，毫不著力，只要對方一掌擊空，立刻將對方擊虛之力壅堵反擊，挫傷對方！

卻不料對方掌力從衝濤裂浪般的功力，驟然反諸空虛，變成以虛擊虛，反得其實，說時遲，那時快，「砰」地擊中方覺曉！

這一擊之力，足以使山石崩裂，樹折木斷，飆輪電旋間擊在方覺曉身上，方覺曉一時不備，只覺渾身血脈飛激怒湧，一股大力，透過體內，在掌心直傳出去。

這一下，不啻是等於在蕭亮背心要害上施一重擊。

蕭亮本在半招之間，誤我爲敵，而被方覺曉所敗。

但他萬未料到方覺曉會重創他。

方覺曉全神御虛擊敗蕭亮，但一失神間爲敵所趁，不但身受內傷，也被「神劍」蕭亮擊得重創。

蕭亮踣地。

方覺曉也倒下。

出手偷襲的人拍拍手掌，像拍掉一些塵埃，笑著說：「『神劍』蕭亮，劍法如神，名不虛傳；『大夢』方覺曉，迎虛挫敵，更是令人欽服……只惜，危機相間何啻一髮之微，螳螂捕蟬，黃雀在後，方兄蕭兄，世之奇俠，都沒想到會爲在下所趁吧。」

趙燕俠非常快樂，非常安詳地這樣說。

四

趙燕俠的出手，疾如電捲濤飛，連在暗處觀戰的追命也來不及出手阻擋。

驚人的是：趙燕俠這一出手間所顯示的武功，絕對在吳鐵翼之上。

蕭亮倒在地上，吐了一口血，又吐了一口血，已經吐了七、八口血了，可是他覺得體內血脈激盪，彷彿還有無數口血要吐，他已失去再作戰的能力，向方覺曉喘息道：「師兄……這次咱們……可是鷸蚌之爭了……」

方覺曉也肺腑皆傷，一面吐血一面說話：「是我……累了你……我不打你那一掌……又怎會給這小人……這小人用『移山換岳』的功力……引接到你身上去……」

蕭亮慘笑道：「若不是我……你……你也無須打這一場……冤枉戰……」

趙燕俠笑道：「你們也不必你推我讓了，我也不殺你們……待花熬成藥後，你們服了便聽我遣喚，自是難能可貴的強助！」

方覺曉變色，面如白灰：「你還是殺了我們吧……」

蕭亮怒道：「我們寧死……也不為賊子所用……」

趙燕俠輕笑了一聲：「求死麼？只怕沒那麼容易。」

吳鐵翼走近一步，從他眼中已有懼色裡可以知道，他也從不知曉趙燕俠的武功是如斯之高，「移山換岳」的功力自一個數十年來已銷聲匿跡的怪傑趙哀傷使過力敗六大派掌門外，從未聞有人用過，而趙燕俠適才偷襲方覺曉那一下，確是這種不世奇功。

「趙公子，夜長夢多，還是早日除根的好！」吳鐵翼因吃過方覺曉大虧，恨不得立刻將之剷除方才干休。

趙燕俠道：「我這一掌打下去，只怕有人不肯。」

吳鐵翼道：「誰？」

趙燕俠微笑道：「土崗下的朋友。」

只聽他揚聲道：「土崗下的朋友，請出來吧，否則……」

他說著的時候，雙掌早已蓄「移山換岳」之力，只要對方一有異動，立刻發動，決不讓方覺曉與蕭亮被人救走。

但他斷未料到話口未完，巨勁來自背後的花海之中，一左一右，逝如電逝，遊龍夭矯，事出倉卒，趙燕俠怪叫一聲，御虛龍行，滑飛三丈，躲過一擊！

吳鐵翼驚覺已遲，只好硬接一擊！

倉皇間他不及運「劉備借荊州」神功，只好全力一格，「勒」地一聲，左手腕臼爲大力震脫，右手筋脈全麻，卻藉勢倒飛，落於丈外。

追命雙腿飛擊，連退二人，即疾落了下來，守護蕭亮、方覺曉二人。

趙燕俠乍然遇襲，失了箝制二人的有利地位，他和方覺曉都沒有料到本來躲在土崗下的追命，不知何時，已移到霸王花海之中匿伏，以致差點令趙燕俠也著了道兒。

吳鐵翼怒叱道：「你怎麼來的！還有多少人？」

吳鐵翼乍見追命，怕的是追命已糾集官兵前來圍剿，追命本來也想延挨時間，等習玫紅率冷血等趕至方才動手，但此時為了救護蕭亮及方覺曉，也理會不得那麼多了。

趙燕俠冷笑道：「就他一個人。」

追命因為情知會有人來，便故意道：「趙公子好耳力。」

趙燕俠道：「閣下就是名捕追命了？」

追命笑道：「這次倒要趙公子饒命。」

趙燕俠微微笑道：「我們本就沒有殺你之意。」

追命也笑著以眼睛向地上兩人一橫：「公子所饒之命，不是我，而是『大夢』、『神劍』二位。」

趙燕俠長嘆一聲，語音蕭索，「這又何必呢？」他頓了頓，又說：「你的要求，反而要我殺三個不可了。」

追命問：「沒有別的方法麼？」

趙燕俠反問：「追命三爺倒可說說還有什麼方法？」說著望定追命。「譬如邀你加入我們，你會應承嗎？」

追命搖首：「不會。」

趙燕俠笑了：「就算是會，也沒有用，因爲，我怕你使拖刀之計，虛與委蛇，那時，我又成爲三爺所破的各案中一名就法者了。」

追命想了想，笑道：「看來，是真的沒有別的法子。」

趙燕俠長了長身，把仲入袖子裡的手，縮了出來，淡淡地道：「那麼，請了。」

這時月移中天，猶似一盤明鏡，清輝如畫，灑在花海上，宛如新沐，趙燕俠隨隨便便的站在那裡，出奇的眉目奇朗，也特別神采奕奕，彷彿冰輪乍湧、銀輪四射的明月，使他動了詩興，正在尋章問句一般。

但追命卻知道，這是一個他前所未遇、莫測高深的大敵。他一方面全神備戰，另一方面也想盡可能拖延時間，希望冷血等人能率衆趕至。

第四部　夢醒無解語　滄桑有怨情

第一回　有五十四位師父的趙燕俠

一

正在追命苦等救兵之際，習玫紅才剛剛在「化蝶樓」找到冷血。

她能夠找到冷血，實在是一件不簡單的事。

從那種「霸王花」的山谷中潛逃至大蚊里，可以說是最艱難的一段路程。

那段路全是荒山峻嶺，懸壑峭壁。習玫紅一面要躲過山頭哨棚的發現，這條山路本就曲折迷玄，又漸從日落至近黑，習玫紅最怕的是蚊子，偏偏這裡蚊子又特別多，每叮她一口，她就拍一下，一時間「必必啪啪」的響，卻沒給守哨的戍卒發現，也算是她的幸運就像髻簪上的明珠一般貼切跟隨她。

蚊子越來越多，左叮一口，右叮一口，叮到後來，習玫紅臉上、手上，浮起好多小腫塊，紅通通的不消，習玫紅想起這些叮她的蚊子中，說不定有一隻是有毒的，心裡就更怕。

但她最怕的不是蚊子，而是鬼。

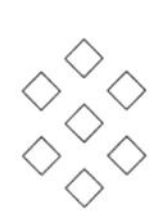

荒山寂寂，明月當空，份外清冷，狼嗥遙聞——不是鬼出現的好時刻麼？習玫紅心裡不知慌忽忽的罵了幾回追命；早知道，她就留守山谷，對付敵人，由得追命來遇鬼好了。

她這一慌惶，就迷了路。

不過，要不是她迷了路，只怕她一輩子難以跑出這山谷。

因爲習三小姐向來迷迷糊糊，不會認路，她甚至曾在習家莊大花園也迷失過，只是她不給找到她回去吃晚飯的老奶媽說出去罷了。

追命要是知道，一定不會讓她一個人回去「化蝶樓」——因爲能摸回去的可能性太小了。

可惜追命不知道。

所以習玫紅迷路了。

她既迷了路，只有一面躲蚊子，一面亂闖路。總算是幸運常隨著習三姑娘，居然給她一面咒罵頭上嗡嗡亂飛的蚊子，一面逃回了大蚊里。

到得了大蚊里，路就好找多了。

因爲只有一條路，直通濟南的路。

二

只剩下一條路的話，習玫紅沒有理由會回不去濟南城的。

但習玫紅就是回不去。

因爲沒有馬車經過。

習玫紅是跟追命躲在鏢車、柩車、馬車下來這裡的，那是一段不短的路途，如果要習三小姐走回去，那實在是一件苦到不得了的事。

別說習三姑娘從來沒有在荒山野嶺這般「走」回去，就連坐車，她也不用趕馬，通常是在車篷的軟墊上吃糖果，還嫌車慢不夠涼快，所以在她而言，躲在車底下混進來已經是一件相當委屈的事了。

沒想到而今更委屈。

——這麼遠的路，黑忽忽的，一個伴兒也沒有，竟要獨自一個人「走」回去！

「大蚊里」的村民早已搬得一乾二淨，自然也不會剩下一驢一馬，習玫紅也不敢多待在這黑沉沉的村子裡，只好啓程「走」回去。

何況，她也可以隱隱感覺得出，追命一個人在山谷裡維持大局，是件情急的事，雖然追命有百般不是，但他畢竟仍是冷血的師兄啊——

一想到冷血，習玫紅不禁有些羞赧，微微地笑開了。

只有荒山和月亮才知道，習玫紅偷笑臉紅的時候有多麼美麗。

習玫紅好像發覺月亮在偷窺她，抬起臉兒說：「我才不想他呢，那壞東西！」

當罵冷血是「壞東西」的時候，她真的想到許多「壞」事情上去了：那冷血一定還在「化蝶樓」裡，吃著很多好吃的東西、睡在好舒服的軟床上，還有那些妖女……

一想到那些「妖女」，她就心裡氣炸炸的：那些女子，個個腰身，都像水蛇一樣，不斷的在拋著媚眼，彷彿那種眼色很有風情，使得男孩子都像小兔子一般趕回她們設的籠子裡去！

她想到這點，偏又飢腸轆轆，氣起來一腳踢石子，豈料那塊石頭，埋在土裡還有一大截，雖然她一腳踢飛，但也震得她腳趾隱隱生痛。

她只好唉聲嘆氣，又發現靴子裡有幾粒小石子梗在那裡很不舒服，她只好在清白如畫的月光下，撿塊山石坐下來，脫掉靴子倒掉小石塊。

這時候她就聽到一種聲音。

車輪輾在乾癟地上的聲音。

還有馬嘶。

三

習玫紅的運氣，已不能說是不好了。

「大蚊里」雖因瘟疾盛傳，所有村民匆匆搬走，只餘一片荒涼，但是大蚊里銜接官道的路上，還是有車輛行走的。

不過在這入夜時分，行人絕跡，連馬匹也儘量避免經過這陰森森的地方。

可是有一些車輛就避免不了。

像這一部載活魚到市肆趕晚市下秤的運魚車，車主為了多賺幾文錢，這晚上的趕集是少不免的。

但運魚的幾個人看到大蚊里的荒道上居然有個脫了一隻靴子，半男半女裝束，披著長髮揚著靴子叫停車的標緻大姑娘的時候，都幾以為見到艷鬼。

不過既有這樣美麗的鬼，他們仍是心甘情願的停了車。

習玫紅終於到了濟南城。

不過她呶著嘴兒覺得很委屈。

因爲她上車的時候說要到濟南城化蝶樓去，車上的臭男人都笑得攏不起口來，還用奇怪的眼色看她，她當時真想用一盆清水來洗乾淨給那些男子看過的地方。

可惜車上的水又腥又臭，還有半死不活的凸著眼睛的魚、翻了肚皮的魚。

有個男子居然還笑嘻嘻的問她：「噯，妳在那兒做了多久？怎麼還又白又嫩，一擠可以擠出水來呀？」然後大家一起哄笑起來。

要不是當時習三姑娘就露了一手武功——錚地拔劍削掉那傢伙一小片耳尖，恐怕往後的話會越難聽。

也幸虧是這樣，習玫紅才回到了「化蝶樓」。

她一下車，還是聽到車上掩抑不住的嗤笑聲。

她的肚子正餓得咕咕叫了幾聲，想起冷血還在笙歌輕柔溫褥厚枕的地方舒服的時候，更覺得受了侮辱，一氣之下，噙了兩泡眼淚，但因爲倔強的性格，沒有讓眼淚掉下來，就衝上了化蝶樓。

化蝶樓的老鴇、妓女、客人，都以爲她是憤然來找縱情聲色中的丈夫的女人。這種女子，通常連龜奴都不大敢惹。

習玫紅是個敏感的女子，偏教她看出別人的感覺，所以她就更生氣。

她一面心裡罵著：死冷血、臭冷血……一面走上樓去，一面掀簾子。

掀簾子的結果，是裡面男女驚呼各一聲，習玫紅兩頰紅似火的退了出來，氣得無可再氣，想想更氣，錚地又拔出劍來，大聲叱道：「死冷血！你在那裡？」

幸運的是，冷血即刻出了來。

冷血也是平生首次給人叫「死冷血」就應聲而出的。

他雖被叫「死冷血」，但心裡頭著實狂喜，因爲他知道一定是習玫紅回來了。

他幸虧早跳出來一步，不然的話，習玫紅就要大鬧化蝶樓，搞不好要跟青樓惡奴們大打出手了。

四

冷血與習玫紅終於見了面。

習玫紅一見冷血，就想倒在他懷裡大哭一番哭得淋漓盡致再說。

但她瞥見簾子一晃，另一人也掠了出來，心裡頭就涼了半截。

出來的人是個女子。

一個纖弱得倍添韻味的女子。

習玫紅認得她，這正是那個在化蝶樓舞姿纖巧、柔若無骨、眼睛會說動人的話的那個女子！

——這女子後來曾御劍飛襲吳鐵翼！

習玫紅一想到剛才掀開簾子所看到那一男一女的情景，心裡剛涼下去的部分又似烘爐般焚燒了起來。

她立即寒了臉，像沒見到冷血一樣。

「誰叫你呀？」

拙於言詞的冷血怔住，「我……」

「不要臉！」

習玫紅霍地轉身，迅速地讓眼淚流下來，借旋身之際用袖子揩乾，但這一切，都沒瞞得過從簾子裡掠出來的離離。

離離姍姍行前，說：「習姑娘。」

習玫紅故作大方回首笑道：「有何指教？」

離離柔柔一笑：「冷四爺一直在等妳和三爺回來吃飯哩，他一直坐立不安，很擔心……」

習玫紅心裡忖：這用妳來說！少假惺惺了！卻在臉上笑道：「是麼？」

也不知怎的，她每看見離離，心裡就浮現起自己小時候學舞不成摔破了東西，還有踩死了一隻她豢養的小蛤蟆而傷心落淚的情形。只覺得自己面對這風情萬種的柔弱女子，自己很不像個女孩子。

其實習玫紅的聲音甫起，冷血就掠了出來，他乍見習玫紅，萬千情意，湧上心頭，卻不知如何表達。

他看見習玫紅有些風塵僕僕，花容憔悴的樣子，心裡愛惜得微疼了起來，想用手撥去習玫紅髮上一張小枯葉。

但習玫紅不知怎的，忽對他冷了臉，他的手只好隔空僵在那裡，好一會才訕訕然縮了回來。

這些離離都看在眼裡。

她和冷血談過了一席話，自然瞭解這大男孩子的心裡感受，便向習玫紅笑著說：「冷四爺一直在我面前，盡是說妳。」

習玫紅怩聲道：「說我什麼？我有什麼好說的？」

冷血這時禁不住問：「三師兄他……」他本有千言萬語，蜜語轉憐，想對習玫紅說的，在她去後音訊全無的時分，他才知自己有多掛懷，但在此刻，他還是要先追問三師兄的下落。

這一來氣惱了習玫紅，冷笑道：「你就只記得三師兄！」

離離暗喟然一嘆，本來想說：妳怎麼這樣不瞭解四爺……後來轉念一想，這種情形，不是外人參說得了的，自己最好還是離開的好，便婉然一笑：「我有事，先走了。」

冷血楞在那裡，不知如何說是好。

離離對他一笑，走過習玫紅身畔之際，只低聲說了一句：「習姑娘，他對妳，是真的好，這幾生修來的福氣，不要給脾氣壞了。對男人，自然太順服不好，但溫柔還是切要切要的。」

她笑了笑又道：「我真羨慕你們。」

說罷便姍姍而去。

她離去之後，習玫紅的氣平了，離離的話倒逐漸在她心裡生了效。

剩下冷血和習玫紅，誰都不知如何開口。

習玫紅本來先要求大吃一頓的，但有些赧然不好提起。

她只好先告訴冷血遭遇的事情。

冷血一聽，從習玫紅充滿樂觀、自大、加油添醋、傳奇故事一般的轉述中，意會到追命的處境危殆，當下沉聲問：「如果要妳再回霸王花山谷，妳可認得路？」

習玫紅氣得鳳目睜了睜，揚揚秀眉道：「當然認得。」

又補了一句理直氣壯的話：「可是，我還未吃東西呀。」

冷血疾道：「我先去布置，妳可以在這裡先吃，弄好了回頭我來叫妳。」

習玫紅從冷血的臉色裡知道事態嚴重，便乖乖的點了頭。

冷血是去調集衙房的人手，圍剿趙燕俠這一干人，要一網打盡，必須要準備充分，行動奇速——冷血雖然剛烈，但決不魯莽。

他的身分和職責，也不容許他有絲毫的魯莽疏忽。

冷血即時出去調集人手，習玫紅餓不過，叫了些好吃菜餚大吃一番，吃著吃著，良心有些不安起來，留下了幾塊肉、一些佐料，又托小廝買了幾粒蛋和幾株蔬菜，看了又看，想了又想，連手指都冰涼了起來，腦裡還盤算著一些主意。

五

追命與趙燕俠已經交手七次。

在這七次交手裡，追命從趙燕俠手上第一柄武器跨虎藍，至第十一件武器月牙刀，足足踢飛震落了趙燕俠手上十一件兵器。

但趙燕俠旋即亮出第十二件奇門兵器：吳鉤劍！

趙燕俠一面打一面從容地笑道：「三爺，莫忘記我有五十四個師父啊。」

追命瞭解他話裡的意思。

趙燕俠的五十四個師父，武功都不怎麼高，可是，趙燕俠的武功，卻學盡五十四個師父所能，五十四個師父的武功聚集起來，足以把趙燕俠造成一個在武林中出類拔萃的一流高手。

雖然他運腿如風，數度踢掉對方的兵刃，但是，趙燕俠隨手接過一把新的怪異兵器，又使出另一種嶄新的打法。

由於每一種兵器的用法招式迥然不同，追命久戰之下，只覺目眩心驚，難以應對，但對方招式變化，卻層出不窮。

「卜」地一聲，趙燕俠手上的吳鉤劍，刺在追命腿上，反而折斷。

趙燕俠微哂，又亮出一條十七節三撥鋼鞭，虎虎地舞動了起來，全身化為罡風鞭影，向追命罩來。

追命猛喝一聲，一口酒箭，化作千點瑞彩繽紛，衝趙燕俠面門猛射而出！

趙燕俠此刻使的是鞭。

鞭影再密，也罩不住追命的酒矢萬道！

可是趙燕俠空著的左手一抖，憑空抓住一面籐牌，往臉門一格，一陣「必噗」

連響，酒箭射在籐牌上，如密雷攻打一般。

趙燕俠藉勢退了七、八步，笑道：「三爺的噴酒功夫確名不虛傳，卻不知我這籐牌鞭法如何？」

說著飛龍矢矯的鞭影，騰挪捲舞，但人在籐牌之後，電轉星馳，倏忽來去，令人無隙可襲。

追命只好一面應敵，一面伺隙觀變。

趙燕俠的鋼鞭忽然一沉，拖去捲來！

——追命最可怕的是一雙腳，唯有先把他的腿功毀去，才能取勝。

追命忽然彈起，鞭擊空，正欲迎空捲擊，追命忽然身形似被巨石壓下一般疾沉，踩住鋼鞭。

鋼鞭在地上迸出火花，但力抽不動。

趙燕俠隨即放棄鋼鞭，改用太皓鉤，急扣追命雙胛。

追命「咄」地一聲大喝，向土崗掠去。

趙燕俠身形如燕子般掠出，追襲追命！

他早已防備追命在不能取勝的情形下極可能只求速退再說。

如果要退走，必須要掠出山谷。

——但是山谷隘口他早已令剩下的「師父」埋伏，追命想必也看得出來，他要殺出谷口，徒招致背腹受敵而已。

因此追命若要退走，必須先掠上土崗。

——居高臨下，殺退追敵，然後攀壁逃逸。

趙燕俠的殺著早已伏好，就待追命這一逃！

就在追命起念要掠上土崗之際，趙燕俠已猛然截擊——制敵機先，這「先」字是對敵時決定勝負的因素。

在對方動念之前搶得先手，或在對方動手之前搶得先機，抑或在對方奪得先勢之時先破其勢，都是「先」之訣門。

趙燕俠已奪得先手。

可惜追命並沒有踏上土崗，所以趙燕俠並沒有取得先機。

他這一下躍出只是誘敵之計。

——誘趙燕俠去截擊他。

他用的正是在對方搶得先勢時破其先機，他的身形在半空猛然一頓。在半空急彈的身形怎能陡然頓住呢？這情形就像箭矢在飛行半空中倏止一般不可能。但追命做得到。

他驟然頓住。

腳張成一字，如風車輪扇一般，向趙燕俠倒捲過去。

第二回　大蚊里

一

追命用這種策略來奪得先機，主要原因是他知道趙燕俠的武功極高，各種兵器都趁手，尤其現在他手上的太皓鉤。

這太皓鉤給他使來，有時變成狂風掃落葉的棒子，有時變成精光熠熠黃龍天飛的長劍，有時候卻成爲三節棍、緬刀、九節鞭、雙鐧一般的用途。

這樣打下去，自己腿法不變，但對方的殺手鐧「移山換岳」神功一直未施展，只有必敗無疑。

何況，還有吳鐵翼在一旁正運聚「劉備借荊州」功力虎視眈眈？

他決定要速戰速決，先行誘殺趙燕俠。

一個人能從五十四個完全不像樣的窩囊師父中學得一身本領，這份聰穎的天資，決不能等閒視之。

追命這一擊留了餘地。

他也沒有把握一擊能奏效。

萬一失敗，要防對方反擊！

追命這一下飛襲，令趙燕俠失措。

這剎那間，趙燕俠驟然扔開武器，「移山換岳」神功，激盪全身！

這一下原是拚個玉石俱焚的打法：不管追命擊他有多重，他先卸掉一半勁道，再把另一半勁力反襲對方。

追命卻更令他意想不到。

追命像一張飛旗掠上土崗的身子遽然在半空頓止，神奇地改變了方向，迅速倏掠，左手右手，各抱起蕭亮、方覺曉，奪路而出！

趙燕俠的「移山換岳」神功鼓盪，正待應付追命飛踢，卻不料追命並沒有發出他應發的攻擊。

這下如電掣星飛，兔起鶻落，追命已抓起蕭、方二人，如果不是有吳鐵翼的話，追命就一定能全身而退。

但暗中早準備停當的吳鐵翼，悄沒聲息地欺至，兩掌一先一後，擊在追命背門上！

追命被先一掌擊個正中，但第二掌卻身子藉力倏向前一撲，讓了開去！

吳鐵翼的掌勁要借力才能發揮，他第一掌無借力處，第二掌又擊了個空，算起來，也只有吳鐵翼平時的三成勁道擊在追命背上。

但這也使追命負了大創。

他向前一傾，藉後勁推勢前竄而出，血脈翻騰，「哇」地一聲，一口血箭，疾噴了出去！

這時趙燕俠正騰身過來阻擋。

這一口血，噴時全無徵兆，精細如趙燕俠也一時不備，半數以袖子擋去，但半數打在臉上。

趙燕俠登時覺得臉上一陣辣痛，眼前一片血光，不知所受何創，不能戀戰，急向後翻出。

這一下，追命藉吳鐵翼一擊之力，運勁噴血傷了趙燕俠，但亦因本身猝不及防之下無法運起本身功夫，所以趙燕俠也傷得不重，只是他此際滿臉血污，所以看起來似傷得極爲可怕的樣子。

追命捱了一掌，情知闖不出去，念隨意起，轉撲向一個山壁煉藥用的洞穴裡去！

吳鐵翼一掌命中，一掌擊空，料定追命闖谷口而出，便急攔住谷口。

趙燕俠正心生懼畏，雙掌翻飛，護住全身，未及應敵。

追命攬住兩人，一面疾闖，雙腳連踢，已踹飛六名「師父」，竄入洞中！

追命一入得洞裡，鼻際聞到一種濃烈的藥香味，眼前視線，都暗了下來，但在追命眼前，卻彷彿見到萬點金蠅，在旋飛倒轉。

追命放下二人，扶住山壁，才喘了一口氣。

只聽地上的蕭亮嘆息道：「其實你只要不理我們二人，剛才已奪得先機，大有機會逃得出去。」

追命笑道：「我只習慣追人，不習慣逃。」

話未說完，一陣急風陡然刮起，要搶入洞口。

追命怒叱一聲，雙腿急踹，只聽「砰、砰」二聲，又一個「師父」斃了命，像木頭一般被踢了出去。

緊接著三次搶攻，但因洞口狹隘，追命堅守，以他淩厲的腿功，不容人越雷池一步。

就算是趙燕俠和吳鐵翼，也無法同時攻入，因爲洞口太狹仄了，追命只要守住洞口，那當真是一夫當關，萬夫莫禦。

方覺曉在黑暗裡喘息道：「我們……連累了你。」

追命笑道：「何來這麼多廢話！」一語未畢，只覺一陣金星直冒，忙扶壁才能立穩，差點沒暈眩過去。

原來他挨了吳鐵翼一掌，傷得也相當不輕，連連運勁拒敵下，幾乎暈倒，他深深吸了一口氣，勉強用功力逼住內創，只聽趙燕俠在外面笑道：「三爺、二位大俠，洞裡有耗子，三位不好住裡面撒賴不出來吧？」

趙燕俠已知臉上僅是輕微之傷，但臉上肌膚被射得腥紅點點，像個痲子一般，三、五個月只怕難以見人，心中極爲懊怒，恨不得把追命拖出來碎屍萬段方才甘心。

追命向蕭亮、方覺曉苦笑一下，並不回話。

洞口人聲喧雜，人影晃動，追命心知闖不出去，但洞外的人只略作一、二次試探，都給追命踢了出去，也闖不進來。

兩方僵持了大半夜。

蕭亮和方覺曉各自運玄功調息，已復元了些微，這時月光西斜，清輝流射，映在追命長滿鬍碴子的臉上，微帶憂悒，方覺曉嘆了一口氣道：「三爺受累了。」

追命微微一震，才道：「我在想……他們會不會用火攻？」

話才說畢，忽然一股焦味襲鼻而至，跟著洞口冒起濃煙，直捲洞中。

追命跺足道：「我本以爲他們懼於波及花樹，不致用火……但他們用煙薰，我們成了甕中之鱉，不得已，只好衝出去一戰了。」

蕭亮道：「只是他們既用濕柴煙薰，必定在洞外布下極大埋伏，我們這一出去，豈不是自投羅網？」

追命苦笑道：「就算全無埋伏陷阱，我們三個傷重的人，只怕也難闖這一關。」

這時候，黑煙濃密，激霧蒸騰，煙氣環繞，火舌微吐，三人估量這洞穴深約十尺，高及二人，但四處都是堅硬石壁，洞裡除一些煉藥器具外，無路可出，情知只有冒險闖火海煙林，與敵一拚外，別無他途了。

二

按照常理，這時候，冷血率七十四匹快馬，其中包括六名捕頭二十六名弓箭手十四名刀手，應該已突破大蚊里，踏入霸王花山谷了。

這也正是此刻危殆中的追命所盼待的。

可惜情形卻不是這樣：冷血和濟南城的捕快差役們，仍逗留在大蚊里打轉。

這原因只有一個，因爲習玫紅不認得路。

她的路只認到大蚊里爲止，其餘荒山漠漠，峻嶺交錯，習玫紅一面打蚊子一面慌慌忙忙奪路而出，根本就無法找出那一條路是重返霸王花山谷的。

她現在也正在打著蚊子。

她是一個出奇的怕蟲豸蚊蠅的小女孩子，冷血一向冷靜沉著，但此際不由急得像被人挾住翅翼的蜻蜓，躍高又落下，四下去尋覓路徑。

他看見習玫紅還是打蚊了，一面咕噜著、罵著，他看到蚊子在她俏皮可喜的臉上叮了幾個紅通通的小點子，經她一扒搔，紅痕斜飛在玉頰上，他想大聲斥責她，但又不忍心罵出口來。

可是他知道三師兄追命迄今尚未出現，一定陷於險境，亟需要救援——但習玫紅除了認出這裡是大蚊里之外，其餘就一點辦法也沒有了。

冷血也沒有辦法。

因爲他所不知道的，也正是大蚊里去霸王花山谷的路，如果是大蚊里就是目的地，那麼就根本不需要習玫紅引領就可以找得到。

大蚊里雖是荒僻村落，但畢竟是坐落在官道旁的鄉鎮。

他只有氣得頓著腳、握著手，不斷把目光投向習玫紅，期盼她突然靈機一觸，想得出來。

習玫紅自己也希望如此。

所以她蹙著秀眉、咬著紅唇，一直要尋思。但她不想則已，一思索就更零亂，再想下去，腦裡就像一百個絨球的線全串亂一起，而且已經開始頭痛了……她只好不想了，並且立即爲自己找到了停止苦思的理由。

——誰叫這裡那麼多蚊子，防礙她的思索！

她剛好找到充分理由可以不想那麼辛苦的時候，就發現冷血用一種頗爲奇怪的眼色來看她。

「我知道你心裡想說什麼。」習玫紅忽然說。

但冷血卻不防習玫紅突有此一說，「……」

習玫紅道：「你心裡在罵著我，罵我很笨，是不是？」

冷血又怔了一怔，這倒沒有想過。

「我其實不笨；」習玫紅見冷血沒答話，以爲他真的如此想，越發憤怒：「你日後會知道我很聰明，一定會覺得我聰明——比你聰明一百倍！」

「你不信？」她又問。

冷血不得不說話：「只要妳現在想得出來，是從那裡到霸王花山谷去的，妳已經比我聰明一百倍了。」

「我在想；」習玫紅的懊惱，出現在她的俏臉上，「我是在想嘛……」

「誰叫這裡那末多鬼蚊子，打擾我的思緒……不然，我早就想到了。」

三

可惜習玫紅還是沒有想到。

她試了幾條路，但都沒有成功，半途折回，或者才走上幾步，又忽然靈機一觸，改變了方向去試另一條山徑。

就算冷血還未絕望，其他劍拔弩張飛騎趕來的捕快衙役們，可不再敢對她寄存希望。

眾人早已發散出去，各自三、五人一小組，去尋找賊巢。

冷血先把習玫紅安置在一棟較嶄新的木屋裡，點著油燈，也加入搜索行列。

冷血再回到木屋裡來的時候，兩道劍眉幾乎連在一起，額上髮絲也因汗水黏在天庭之際，他方正、俊朗的臉上，有著堅忍的倦色與失望。

東方漸白，月黯星殘。

一夜窮搜細尋，徒然無功。

冷血並不心急於無法向省城交代，而是憔悴於憂心追命的安危。

冷血一回來，看見習玫紅支頤在桌前，向著燈光，在晨曦與微燈中映出俊俏的背影，似乎已經入睡。

廚房裡似有一些微暖氣，冒著細細的白煙，使疲憊了一夜的冷血在開門掠起的晨風裡感覺到分外的輕寒。

冷血一皺眉頭，禁不住問：「妳想出來了沒有？」

這聲音帶著些微壓抑不住的粗暴與焦躁，習玫紅顯然被嚇了一跳，回過頭來的時候，看見是冷血，在慌惶中忍不住要哭。

冷血卻看見她臉上的兩行淚痕。

他的心立刻強烈的後悔著：自己不該驚嚇了她，她不是在瞌睡，而是在哭泣……

——她為什麼獨自哭泣呢？

習玫紅匆忙抹掉了淚，儘可能不讓冷血看見的走進了廚房，匆匆拋下了一句話：「你坐。」

冷血在晨意中感覺到一種特殊的迷惘，但這迷惘如一個浪子返家般的親切，而且熟悉，這時候晨光漸漸亮開了，他就用兩隻有力的手指捏熄了油燈。

正好習玫紅捧著蒸籠竹格子出來，寒晨的冷意中只見她窈窕的倩影裊動，手上捧著冒著暖煙的食物。

蒸籠裡有雞、有菜、也有肉，令人有一種還未下嚥但已生起一種喜悅的溫暖。這些食物是習玫紅在化蝶樓狼吞虎嚥時，想起冷血爲等她回來一夜沒有進食，而又顧慮到是夜要找霸王花山谷，能充飢的機會實在不多，所以才悉心弄來的。這山野木屋裡，可能由於屋主的匆忙撤走，廚具及柴薪仍相當齊全。但這是習玫紅生平第一次下廚，往日她從不會爲她父親甚或自己而舉炊的。冷血看著眼前的食物，喉胃間一陣暖意，爲了不知如何表達心裡的感覺，他珍惜地一口一口的吃著。

這清寞的晨光裡，兩人相對桌前，卻沒有說話。

習玫紅微微地，自唇邊有了一綻極甜蜜的笑意，不容易讓人發現，她在想：「離離姐姐，我已經聽了妳的話。」離離在要離開化蝶樓的時候，曾經勸過她一番話，最後還說：「但溫柔還是切要切要的。」

一生在血雨刀光劍影危機中度過的冷血，從來不知道家的感覺是怎樣奇妙的，他也從沒有享受過女子爲他烹煮的食物，而今，這種感覺都一起湧上心頭。

這感動使他吃不知味，更忘了讚美。

他瞥見習玫紅坐在背向晨曦的微芒裡，這時屋裡還是灰濛黯淡的，他看不清楚她的臉容，只隱約勾出了她生平僅見的柔靜輪廓，像一朵經過夜露要毅然迎接晨光的細柔的花。

冷血心裡浮現一片痛惜之情。

——她此刻在想什麼？

他情不自禁，想伸出手去，把她擱在桌上的柔荑握住。

可是她突然叫了一聲。

冷血嚇了一大跳，他以爲他的手已摸在她手上了，定一定神，才知道還沒有。

只聽習玫紅亮著眼睛說：「不對，不對！這廚房裡怎麼什麼都齊備，卻連一點灰塵也沒有的呢？屋主不是已逃瘟疫去了嗎？既是窮苦人家，才會住在這種地方，又怎會連這麼多完好的傢俱全擱在這兒？」

這一連串的話，把冷血怔住了。

從他帶習玫紅入屋，到他再次疲憊而返之時，兩次他眼裡只有習玫紅，沒有顧及其他。

——可是照習玫紅如此說來，這屋子只怕定有蹊蹺。

第三回　火花

一

煙火瀰漫，黑氛濃霧，嗆咳薰淚，追命、蕭亮、方覺曉四尋洞壁裡並無出路，只有冒死衝出一途了。

正在這時，洞腹山壁軋然而開。

追命只聽一個嬌柔但是熟稔的聲音輕道：「三爺，三爺。」

追命精神一振，見山壁已打開了一道窄門，藉著向洞裡吐的些微火舌，映見離離惶急的美臉。

「三爺，快跟我來。」

追命也不打話，左右手揪了蕭亮、方覺曉，往狹窄甬道走去。

這甬道十分黑暗，也十分窄仄，離離身形飄忽，疾行於前，陣陣香風猶傳入鼻，追命兩手挾住二人，又受了內傷，走得可沒那末輕鬆了。

甬道很長，又深又黑，走了一回，已聞不到什麼煙火味道，追命正待發問，這時甬道形勢忽然一變，比先前寬敞二倍有餘，忽見前面隱有人影一晃。

一聲清叱：「誰!?」

離離即喚：「小去。」

那清音即喜呼：「小姐。」

離離回過身來，說：「三爺，也走累了，先歇歇吧。」

追命知道就算他不需休息，但身負重傷的蕭亮和方覺曉也務必要歇口氣不可，便道：「離離姑娘……」

離離即道：「三爺一定奇怪我們怎麼會及時趕到，而且還懂得這山穴秘道的了?」

小去插口道：「小姐本就想跟冷四爺一道趕來的了，但習姑娘似乎不願，小姐和我，只好悄悄尾隨而來……」

追命一聽，便知習玫紅已返化蝶樓，並與冷血碰上了，頓放下心頭大石，精神也為之一振。

小去又道：「若不是小姐關心三爺，我們才不來受這種閒氣哩……」語音似有無限委屈。

「小去！」離離輕聲叱止。

追命卻明白。他在江湖上久歷浪蕩，對人情物意十分理解，使他瞭解習玫紅對冷血的心意，也明白離離對自己又是如何的好。

「因為習姑娘逃出來時人匆忙，似乎把路忘掉了，所以冷四爺一直找不到入口。」離離喝止了小去之後，幽幽接了下去：「我們居高一望，看到東南飄著煙氣，知道有人，便循著方向來找，呼延、呼年前輩又善於五行八卦、奇門遁甲之術，一下子便發現了谷口另有隧道，便潛了進來，不意恰巧出口處在山穴，遇到三爺……」

方覺曉笑著接道：「也恰巧救了我們。」

蕭亮笑道：「我們沾三爺的光了。」

兩人哈哈大笑，一個打了個噴嚏，一個打了個呵欠。

追命更明嘹他們的意思。

這兩個昨夜還在生死搏戰現今同病相憐的遊俠，笑意裡充滿了友善的期許，對同是江湖落拓人的善意期許。

因爲兩人都明白這笑聲的鼓舞，追命和離離在陰黯的甬道中俱一時說不出話來。

好一會追命才找出話題來：「我們先找路出去，會合四師弟再說。」

他們繼續往前行去，甬道漸寬，主道支徑錯縱複雜，潮濕陰暗，行了一會，離離的身子突然僵住。

她低聲道：「有人來了。」

追命也聽到了。

來的不止一人，而且爲首二人，腳步十分輕盈，從這點可以知道其人武功相當不俗。

——趙燕俠和吳鐵翼已發現三人逃逸，竟從前面截回來了？

追命向離離低聲問：「會不會是呼延、呼年二位？」

離離搖首。小去說：「他們不會來的。」

追命這時正跟四人貼近甬道彎角處，因趨近低聲問話，是以臉靠近離離鬢邊，只覺香馥的氣息，令追命一陣迷醉。

這時來人已走近甬道折彎處，顯得小心翼翼，十分謹慎。

追命屏息以待。

壁上出現了火光，遂而是人影。

人已轉入彎角。

追命隱約聽到細細的對話之聲，彷彿有個女子聲音，但已無暇細想，猛喝一聲，一腿踢出！

細語聲變成了一聲驚呼。

二

一個女子的驚呼！追命萬未料到，他踢的人是冷血。

冷血聽了習玫紅的話，仔細的遍搜木屋，果然發現灶下柴薪底裡有甬道。

——找到入口了！

——雖然不是習玫紅逃出來的路徑，但定必跟霸王花山谷有關。

習玫紅這時，臉上像旭日一般發著光，眸子也閃著亮。

——該知道我的聰明了吧？

習玫紅是這樣想。冷血立即召集了十幾名捕房好手，與她潛入甬道，在陰森的甬道中匿行了好久，正感覺到甬道愈來愈淺隘之際，忽然，乍聽一聲大喝！

倉皇間，冷血蓄力已久的一劍也疾刺了出去。

三

要不是有習玫紅猝然遇襲禁不住的一聲驚呼，這悲劇難免發生。

習玫紅這糊塗姑娘素來運氣都很好，所以跟她在一起的人也分享了些運道——

看來似乎真的是這樣的巧妙。

習玫紅的驚呼，在一刹那間傳入追命耳裡。

追命認出了是習玫紅的聲音。

他那一腳，半空忽然頓住。

但其力道餘風仍掃跌了冷血。

冷血那全力發出的一劍，也及時偏了一偏。

那是因爲他及時認出了那一聲大喝是發自他的三師兄追命。

如果是真正的偷襲，發招之前理應不出聲響，追命此際雖情知以一受傷之軀須維護二重傷者及二弱女子的生命，他自度也非吳鐵翼、趙燕俠二人聯手之敵，但叫他像一頭躲在陰暗處出奇不意噬人要害的狗，追命仍是不願意的。

就算是暗算，他也不忘了先發出一聲大喝，以作儆示。

這種光明磊落的作風，挽救了彼此。

冷血已偏劍鋒，所以只在追命腿上劃了一道長長的血口子。

可是師兄弟二人見面之喜悅，遠比所受的微傷激烈得多了。

兩人的手緊緊握在一起，激動得說不出話來。

好久追命才從齒縫裡迸出一句：「我們殺回去，正好殺他個措手不及！」

冷血沒有答話。

他只是傳下了手令。

一百零三個衙裡的高手，立即以一種極之迅疾的行動，組織起來，隨著冷血、追命之後，向甬道推進。

四

追命帶人重返山穴的時候，吳鐵翼和趙燕俠以為三人已在山穴裡薰得暈死過去了，便遣人扒開著火的事物，帶人竄進去細察。

不意追命、冷血等人一齊湧現，殺了過來。

吳鐵翼只來得及大叫一聲，目眥盡裂的叱道：「你——」

究竟「你」之後是什麼話語，已無容他說下去，他發現跟在身邊的手下紛紛踣地，追命已纏住他暴退的身形。

帶進洞裡的「師父」，總共十人，幾乎在同一瞬間被擒或傷亡，只有趙燕俠一人衣袂帶著急風，倒後如矢，飛彈出洞。

看來他倒退比前躍更快。

無論他怎麼快速，一個看來拚起來隨時可以不要命的青年，劍鋒一直不離他身前一尺之遙。

他一面取出「太乙五煙羅」罩住冷血的攻勢，一面發出長嘯，希望他的部下與「師父」聽到召喚，能過來敵住這不要命的青年，讓他緩得一緩。

只要讓他緩得一口氣，他就可以逃逸而去。

誰都知道這樣的局面是難以討好的了，就算把這些人全部殺乾淨，只怕也難免被人發現此山谷，事到如今，只有全身以退，以待日後報仇。

大丈夫拿得起，放得下！

這「霸王花」雖曾令趙燕俠奇予最大的心機，但情形不妙，他也決不留戀，反正留得青山在，不怕沒柴燒，趙燕俠是聰明人，聰明人不做孤注一擲的背水戰、困獸鬥！

但是誰都沒有來讓這聰明人緩一緩。

因爲誰都沒有機會爲自己緩一口氣。

冷血帶來的高手，已全殺入山谷。

追命在山洞內與吳鐵翼一面交手，一面還下了一道命令：「放火，燒！」

五

這一個「燒」字，像灼炭一般炙了吳鐵翼的心口一記。

吳鐵翼可不似趙燕俠這般瀟脫。

他棄了官，不惜眾叛親離，捨棄了功名，殘殺了舊部，策劃了八門血案、習家奪權、富貴之家劫殺、飛來橋惡鬥，爲的是吞捲一筆駭人見聞的財富，來與趙燕俠培植霸王花，一旦得成，可控天下。

這跟他所拋棄的小小功名富貴比起來，算得了什麼？

但如今一燒，大半生心血就白費了！

吳鐵翼怒吼，情急，洞外映現的火花，映紅了他的眼珠，那燦爛絢麗的翠葉金花，熊熊地燒了起來，成爲一片火海，火星子和著焦味，漫天捲起，灰燼發出啪啪的聲響，在吳鐵翼耳中聽來，每一聲響俱似他心折的聲音。

在又急又怒之下，他像獅子一般，不斷的發出怒號，本來灑逸的長髯，此際也像獅鬃一般蝟張抖顫了起來。

洞外花海，燒成了火海。

吳鐵翼內心也五臟俱焚。

一個憤怒的人，除非他的武功是在憤懣中更能發揮的神技，否則，就難免增多了漏洞與疏失。

吳鐵翼的「劉備借荊州」神功本來就是一種很冷靜、很深沉，甚至相當可怕的武術。

這種武功在憂急中大打折扣。

追命因爲受傷，功力也大爲減弱。

只是吳鐵翼急，他不急，終於吳鐵翼爲求撲出山洞，指揮部下救火，胸際吃了他一下膝撞。

吳鐵翼掠出了山洞，但發現已無人可以指使，人人都在浴血苦鬥中，爲他自己的生存而掙扎。

他挨了一記膝撞，再與追命相搏，便已落盡下風了。

在這場風頭火勢中，花林盡成火海的景況裡，晨曦也不知在何時淡去，烏雲低布，一片灰濛，只有習玫紅得暇痴痴的望著火中的花，帶著七分惋惜二分哀憐一分好玩的道：「唉，開謝花，開謝花，開了匆匆就謝了，而且還燒掉了，灰飛煙滅。」

「唉，開謝花。」

她不知道這花原名叫霸王花。就算她知道，她還是堅持她所取的名字。這樣嬌柔絢麗的花，原是罕有的，也是無辜的，怎能叫做霸王花？

第四回　噴嚏與呵欠

一

趙燕俠情知無人來援，他只有自己找出一條活路。

他稍一分神間，「太乙五煙羅」突被冷血無堅不摧的劍光所絞碎！

冷血一招得利，劍勢立時長驅直入。

就在這時，他只覺手腕上傳來一股巨力，要把他掌中劍震脫而飛。

冷血的武功全在他的劍上。

劍在人在，劍亡人亡。

他的劍飛出，但並未脫手，他的人竟似比劍還輕，隨著劍勢斜飛出去。

趙燕俠迎空追擊，兩人在半空相搏七十二招，冷血掌中劍第二度被打飛。

冷血只覺得自己出手愈快、愈狠、愈強，回擊的力量就越大、越疾、越勁！

他不知道這就是趙燕俠的「移山換岳」神功！

他第二度隨劍勢飛飄，長劍依然並不脫手。

趙燕俠的「移山換岳」借對方劍氣反攻，二度震飛長劍，但震開的僅是人已跟劍合一的軀體。

趙燕俠第三度發出「移山換岳」神功，同時，迴手抽出一支一十七節三稜鋼鞭，一鞭橫掃冷血！

冷血飛躍閃躲，已不及還就劍勢，眼見劍就要被自身之劍勢帶飛，冷血悶哼一聲，「崩」地一響，劍自首端七寸處折斷。

劍自崩折，趙燕俠的內勁「移山換岳」全宣洩在斷折的劍尖上，「哧」地那一截劍尖迸射三丈，直入巨石之中，多年後，有礦工採石時無意間發現劍尖在石心之內，苦思不出有何力量能致石中生劍的奇事。

但劍的另一端，已刺在趙燕俠身上。

斷劍本就是冷血的劍招。

可是冷血刺中對方左胸一劍，右胸也猶似著了對方一擊，力道與自己所發完全相同。

他雖然傷了趙燕俠，但「移山換岳」神功把其劍身蘊含的巨勁全轉擊在他的身上。

一剎那間，兩敗俱傷。

趙燕俠不敢戀戰，縱身飛遁。

兩人雖同時受傷，趙燕俠濺血，冷血內創，但以冷血之堅忍耐力竟仍不如趙燕俠恢復得快。

就在這疾如電掣的瞬息間，兩道人影飛起，一左一右，夾擊趙燕俠。

三人空中交手，一起一伏，又一縱一伏，再一躍一沉，總共三起三落，三個人，就像履半空爲平地一般，也像是三個知交，在並肩踏步，但冷血卻瞧出三人在陰霾密布的晨色空中，已交手九十三招，是這全場廝殺裡最險的惡鬥。

左邊出手的是「神劍」蕭亮。

右邊出手的是「大夢」方覺曉。

要不是這兩人的襲擊，趙燕俠早就逃逸而去了。

三起三伏後，三人同時往地面一沉，他們沉伏得快，竄起也極之迅疾。

但是在三人第三度落下之勢，三人之膝俱爲之一蹲，卻陡然頓住，沒有馬上彈起來。

然後是「咕咚」一聲，一人仆地。

仆倒的是方覺曉。

餘下二人，稍稍一頓，即刻像在勁簧上彈丸般躍起。

冷血清清楚楚的目睹空中慘烈的戰況：蕭亮一劍抵住趙燕俠的咽喉，但沒有刺下去，似乎想說些什麼，可是就在電光石火間，趙燕俠的十七節三稜鋼鞭，已劈擊在蕭亮門頂上。

蕭亮悶哼一聲，出劍。

劍並不刺向趙燕俠咽喉，只刺穿他的左眼，即是因爲蕭亮在刺出之際把劍鋒陡然一沉之故。

蕭亮落下，鮮血已遍灑他的臉孔。

趙燕俠落地，但因腿傷無法再躍起。

就在這時候，他突然在自己臉頰上拍地打了一掌，原來有一隻蚊子竟在這個時候叮了他一口。

他開始還不覺什麼，但這一叮之痛，非比尋常，整張臉都火辣辣像焚燒起來一般！

趙燕俠此驚非同小可，想勉力起身應敵，忽覺臉上像浸在熔岩裡攪和一般，全身血液都變成了熔漿，他狂呼道：「蚊子，那蚊子——！」

螫他一口的蚊子，當然就是他放出來嚇走大蚊里居民的三隻有毒蚊子之一。

這隻蚊子已被他一掌打死了，可是趙燕俠現在的情形，只怕比死更慘。

冷血深嘆，出手結束了半瘋狂狀態的趙燕俠之生命。

二

「大夢」方覺曉除了口邊又添了兩縷血跡外，耳孔也正淌著血，但他完全忘了自己曾受傷，只呆呆怔怔看著「神劍」蕭亮掀起的額骨和臉上的血。

蕭亮喘息笑道：「我……我贏了他，但我……我不能殺他，他……」

方覺曉的聲音裡有一種出奇的悲哀：「因爲他的上一代，曾對你有過微薄的恩情。」

蕭亮正喘著氣，點頭。

方覺曉恨聲道：「但他卻對你下了毒手！」

蕭亮只反問了一句：「他……他逃走了沒有？」

方覺曉道：「逃走了。」

蕭亮沒有神采的眼珠翻了翻，似有所安慰：「總……總不能……因我而死……」

方覺曉咬了咬牙，大聲道：「他已經逃走了，是走到好遠好遠的地方去了，你，你放心吧！」

蕭亮的五官似乎因感覺到澈骨的疼痛而痙攣在一起，「我看……我的夢……要醒了。」

方覺曉哀痛地道：「不，你才剛剛入睡，剛剛要入睡……你的傷根本不重。」

蕭亮苦笑，「怕真的是睡了，沒有……夢了……」

方覺曉忽道：「你騙了我。」

蕭亮因痛楚刺戳著他的神經，沒能說出話來。

方覺曉道：「你的武功，明明在我之上，但你跟我決鬥時，假裝輸了給我，才致受傷……剛才我們兩人一起截擊趙燕俠，你傷得比我重，但還是你才能截得住他。」

蕭亮微微張著眼，苦笑著，他一張開口，血水就由他嘴裡淌出來，但他還是說：「你……你也騙了我。」

方覺曉問：「我騙你什麼？」

蕭亮露出了更多的一點笑意，「你也留了手。」

忽然，他握住方覺曉的手指，緊了一緊，「哈啾」地一聲，仰天打了一個大大的噴嚏，令他臉上的血水，都噴濺了開來，有些還噴到方覺曉的身上，以致方覺曉白衫上腥紅點點，這一下噴嚏之後，蕭亮再也沒有動過，但他的手指，仍緊緊握著方覺曉的手，並沒有鬆開來。

這時候，一陣稀疏的晨雨，大點大點的滴了下來。

方覺曉俯視著蕭亮，良久，發出一種低沉的悲鳴，出於聲音冗長悲哀，恰似一個夏夜裡的呵欠，充滿了人生的無奈與寂寞。

三

「神劍」蕭亮死了。

蕭亮的枉死令冷血的鬥志像燃燒的花海，燒痛了他的意志肌骨！

冷血的武功，練的就是愈在憤怒中出手越如神助的劍意。

他過去夾擊吳鐵翼。

吳鐵翼又捱了追命一記掃腿，折了足踝，趴倒在地。

吳鐵翼大喊道：「別殺我、別殺我——藏寶只我一個人知道，只有我一個人知道！」天際「轟」地起了一個雷響。

追命道：「我們不殺你，但要抓你歸案——」

話未講完，忽聽離離尖聲道：「我要殺你——」

緋影一閃，纖巧的身影亮著金劍，就要竄去刺殺吳鐵翼，追命忙一把手挽住，道：「妳聽我說，離離——」

突然之間，眼前金光一寒，短劍已交叉抵住自己的咽喉。

這下變生肘腋，追命完全怔住。

連冷血也呆注。

同時間，一聲驚叫，回頭一看，只見習玫紅也自後被一柄藍殷殷的匕首橫貼在雪白的脖子上。

這剎那之間，追命、習玫紅同時受制。

出手的人分別是離離和小去。

這時大局本已定：花海成灰燼，只餘下劈劈啪啪坍倒的焚枝與火星，趙燕俠和吳鐵翼的部下，伏誅的伏誅，負傷的負傷，活著的全部投降。

只聽馬嘶震起，四匹快馬馳入谷中，四匹馬上只有兩匹馬有人，馬上的人各騎一馬牽另一馬漸漸馳近。

馬上的兩人，正是呼延五十和呼年也兩個武將。

雨灑在每一個人的身上。

四

吳鐵翼絕處逢生，跳了起來，咆哮道：「殺，殺，給我殺——」

離離的臉色帶有惶惑與哀愁，她緊持雙劍，大聲道：「爹爹，不要再作孽了，我求你，不要再作孽了——」

「這是我最後一次救你了。」

吳鐵翼聽了這句話，臉上露出一種彷彿要與天下人爲敵的狠毒表情來。他只冷冷地道：「好，好——」

冷血在這局勢急速直下之際，雖未弄清楚救三師兄的女子怎麼一下子變成了禍患，但他已跨前一步，攔住吳鐵翼，箝制他的猝起發難。

其實身受方覺曉一擊及追命一度力創的吳鐵翼，也深知自己失去了發難的能力。

如果此刻的他還萌生希望，那希望僅是建立在離離與小去的刀劍之下。

所以他的身形凝住。

他以一雙極度渴求希翼的眼神望著離離。

五

追命沒有多說什麼。

他只說了四個字：「我明白了。」

他已經完全明白。

離離的劍抖著，聲音也像寒風裡的花，抖索著：「我本姓吳。」

離離，本來就是吳離離。

吳離離就是吳鐵翼的獨生女兒。

吳鐵翼中年喪偶，只得一個女兒，十分溺愛，所謂虎毒不傷兒，吳鐵翼能放棄功名高位，但仍帶了他的女兒一起。

他要離離假裝成仇敵，有不共戴天之仇，其實，只是布下了一粒過河卒子，以待日後有變。

所以，在「人和堂」藥鋪的時候，離離能得知吳鐵翼會來，特意守候，發現追命，而又知道合眾人之力俱未必能敵得過他，便以己身誘追命分心，以致該役追命徒勞無功。

至於「化蝶樓」之役，使是離離探聽到追命將在那裡伏捕其父，她便以報父仇姿態搶先突襲——當然是不曾得手的刺殺，目的只在驚走吳鐵翼。

卻未料到追命因為冷血斷後，能夠及時追躡趙燕俠和吳鐵翼入山谷來，而且因為多了個習玫紅，以致呼延五十和呼年也通知了趙燕俠，使追命現身，但卻不防習玫紅回到化蝶樓通知了冷血。

故此，離離偕小去、呼延五十、呼年也趕返山谷。

他們本就是一夥人，所以深諳山腹甬道，並不稀奇，而且眼見冷血、習玫紅找不到入口，以為至少可以全身而退，並不太著急通知吳鐵翼撤退——況且，他們也很清楚不到萬不得已要一個野心勃勃雄心萬丈的人忽把他一生寄望與事業撒手不理，是何其不易的一件事！

離離等顯然沒有料到習玫紅會發現了柴籬下的隧道。

小去是離離的貼身婢僕，呼延五十和呼年也，是吳鐵翼從前的老部將。

追命至此已一切明白，他不明白的只有一點：在山穴裡，自己和方覺曉、蕭亮快被薰死的時候，離離為什麼要救他，逃入甬道？

他想起了自己等人再從山壁躍出反撲敵方之時，吳鐵翼曾目眥欲裂的戟指道：「你……」即「妳」字想來是指離離。

吳鐵翼也料不到離離會這樣做。

……離離為什麼要這樣做？

他沒有問，因為他看到了離離的眼睛。

她眼睛裡情急的淚光。

這時候，冷血冷冷地問：「妳想怎樣？」

離離道：「兩條命，兩件事情。」

冷血道：「妳說。」

離離道：「第一件，放爹爹和我們離開，我們放了三爺。」

冷血道：「第二件呢？」

離離道：「兩個時辰之內，你和你的人馬，不能追趕我們，我們再放了習姑娘。」

冷血沉吟了一下，斬釘截鐵地道：「不行。」

離離兵刃一緊，道：「那我們就只好殺人。」她的衣髮均已被雨打濕。

冷血忽然道：「離離姑娘。」

離離道：「請說。」

冷血深深的看著離離，又望了望三師兄臉上從沒有的一種神情，道：「說實在的，我不認為姑娘會忍心下得手。」

離離禁不住從心裡一陣呻吟，但臉上卻竭力裝出一種決絕冷漠的表情來：「你……你不信就儘管試試！」

冷血冷笑道：「殺了人，妳和吳大人，也一樣逃不出去，於妳何益？」

離離強忍著，抑制著自己不掉淚，忽然瞥見追命關懷的眼色，心中一慌，幾乎握不住劍，吳鐵翼上前一步，大喝：「離離——」冷血的斷劍卻陡地遙指著他。

吳鐵翼的動作也陡然頓住，豆大的雨珠在他額上淌下。

吳鐵翼的一聲大喝，使得離離的劍又挺了挺，兩劍交架之處，迸出了星花。

冷血唉了一口氣，道：「可惜。」

「可惜我卻不敢與妳賭這一點。」

離離禁不住喜道：「你答應了。」

追命想呼：「四師弟，萬萬不可。」但張開嘴，卻見離離喜抑不住而掉下的兩行淚，滲著頰上的雨珠，流落下去。

冷血道：「但要先放人，再給你們走，兩個時辰內不追趕。」

離離微微沉吟了一下，道：「好。」

冷血反問道：「妳不怕我們食言反悔嗎？」

離離笑了起來：「如果你們是不守信諾的人，儘管反悔吧。」

吳鐵翼大喝道：「離離，不可——」但離離倏收雙劍，已放了追命，小去看見離離的手勢，也緩緩收回了匕首。

冷血喝道：「好！今日就放你們一馬，不過，這件案子，天涯海角，我都會緝拿吳鐵翼歸案的，否則，願代受刑！」他這句話，是向眾多部屬交待的。

追命也道：「百天之內，崔略商若不能捉吳鐵翼歸案，當自絕於市。」向離離道：「你們去吧！」

離離等人也被這等重語震住。吳鐵翼氣急敗壞，掠上一匹空馱的馬，大喝道：「我們走！」

小去過來拉離離的手，離離匆促中回頭望了追命一眼，那眼色的悽婉令追命心裡一疼，兩個輕靈纖巧的身影同登上另一匹馬，雨中，四馬五人馳出了山谷。

只聽一聲長吟：「世事一場大夢，人生幾度秋涼，」方覺曉橫抱「神劍」蕭亮的遺骸，在晨雨寒風中孤伶伶的走出了山谷。

追命痴立在雨中，彷彿眼前浮現的是那弱不勝衣的纖影，那悽怨的美眸，以及微泛紅潮的容姿。彷彿又聽她幽幽地道：「江湖風險多，三爺要保重。」然後纖手遞過來一把傘。

然而真有一把傘替他擋住了雨水，追命回首看去，見是冷血與習玫紅，他們的眼神盈著瞭解與溫暖。

三人同在一把傘裡。追命自嘲地笑了一笑，道：「前路還有很多風雨哩。」微雨細敲在傘上，語音倍覺滄桑。

稿於一九八二年二月廿七日
赴台不入去來半月後於鯉魚門前居
校於一九九一年二月四日
留馬期間，會兄十餘次
再校於一九九七年二月廿一日至三月廿七日
連贏七場後敗兩場
四千幾場的激戰，一年又三個月苦鬥
七個月埋身力搏，終於一口氣翻本
又翻身，對賭已全無癮
失去挑戰感與吸引力，
收手收山，再圖他舉起風雲。
CR已全爆，歡八十餘盤。

後記

風景之外

溫瑞安

我有一個嗜好，就是遊山玩水。曾有一段時候，一個月至少有十天以上在翻山越嶺的遨遊，台灣的風景絕色，十之七八都去遍，戶外生活雜誌出版的東、南、中北台灣最佳去處及離島、名山、溫泉系列，給我翻了又翻，拿著它去找柳暗花明的地方，去過的地方打個小勾，兩年後翻來一看，似乎很少地方沒打上勾勾的，倒在目錄之後增添了不少我附加的去處。

由於我喜歡風景（清靜的世外桃源和喧囂的繁華鬧市都喜歡），所以在我的作品裡，忍不住會有較多的風景描寫。有次在遊艇上，金庸勸我說：「寫風景不必只寫風景，可以寫書中人物所見的風景，在情節裡引入，這樣會自然一些。」我想，他是很客氣的指出我一些早期的小說一些不自然的地方。

我有一篇小說叫做《結局》（這篇武俠小說一開頭就是結局），寫到一個非常精采的殺手——唐斬——出場的時候，不知怎地竟寫成了另外一個完全不相干的名字去了，而且在校對時粗心大意的居然沒發覺，金庸看到那段落，用藍筆非常用力地寫了「唐斬」兩個字。這兩個字是那麼地有力，在六張稿紙之後仍留有痕印。

金庸把《結局》交回給我的時候，曾經表示：小說很好，他喜歡，最好修改一下，但如果不改，明報也會照用。離開了聽濤館，我竟把稿子遺留在餐廳裡，在我發現的同時侍者已追出來把稿子還給我，金庸替我給了小費那侍者，這可以說是《結局》的第一筆稿酬。後來，我抱著我的稿，上倪匡的車子，倪匡：「作品要有自己的風格，不一定要改。」我知倪匡都很怕改自己的作品。

《結局》（即《殺人者唐斬》）始終沒有改，也沒有再交回明報。我會在另一段時期對我自己的作品改正修訂，但不是現在。要是現在寫的馬上可以改，那只表示我沒有用心寫，或者寫的時候沒有盡力。何況現下的錯不一定是往後的不對，目前的壞也未必就是永遠的不好，現在知道的錯誤，只要在下一部作品裡避免，才是重要。

金庸有次對我說，我小說裡的人物太多，而且死得太快，讀者才剛剛對那人有印象，但在書裡已經結束性命，有時候他也爲之惋惜。我想他說得很對，在新近的作品裡，這種情形會少見一些，以後會更少，主要是因爲我已不是龍哭千里時候的年少，在憂歡的歲月裡，我的殺氣逐漸平和。長久存在的事物總是較平和的，人們雖然可能喜歡看變亂的故事，但是絕大部份的人還是平靜安定的生活著。我也是。

稿於一九八二年八月九日
收到多年舊友悄凌來信，
校於一九九一年三月廿三日至四月十九日
七返馬侍母疾（4 th Part）
再校於一九九七年四月至五月
嘗二敗即全身而退
調養身心，神州事寧，再展雄風

附錄

【高手中的高手，溫瑞安訪問記（四）】

·如有雷同　實屬抄我·

當時，我在玉郎公司出入只數次，漫畫家謝志榮、馮志明都來找過我，說看我作品已久，這才認識。我個人極敬重馮志明肯擔當、有氣概的好漢作風，世上有些人是做不來卑鄙事的，老馮是這種人，我對謝志榮也惜其才能，重其誠懇，他入江湖而不失赤子之心，還曾與他在八七年時一道赴過台灣。我跟馬榮成首次見面的時候，他那時還在編繪《中華英雄》，一見到我，匆匆站起，畫筆掉了一地，臉都紅了，予我印象甚爲深刻，我曾在黃玉郎面前大讚過馬仔，他也無不悅之色。

大概到八七年前後，馮志明、馬榮成等忽都匆匆脫離了玉郎公司，當時事件鬧得甚大。有一夜，老馮帶了幾個朋友，其中包括了後來是自由人集團的劉定堅來見我，當時，他們跟玉郎鬧僵了，聽說玉郎要告他們，還收到了律師信、禁制令，很是徬徨，問我怎麼辦？也許，你們這些年輕人，知道我會看相和需要我鼓勵吧？於是我只觀察了他們當時的氣色和氣場（的確連掌紋也沒看，更不必問時辰、八字了），就表示「一時煩纏難免，但不久後即能獨當一面，紅極一時」，當時他們前程遍佈陰霾，所以都不大相信。但後來證實我說中了。阿劉當時還問我：「我以後還會不會咁『仆街』（即行『衰運』、破產之意）？」我回答：「還會。」他問：「我這次已很『仆街』囉！還會仆？」我答：「會。但會再起。」大致上，這十年來，大抵還是說對了大概。

李：豈止大概，這幾年間他們的起伏浮沉，確是這樣。

何包旦（以下簡稱「**何**」）：可不是嗎？一九八五年的時候，吳宇森正「霉」得發慌，給「新藝城」派出去台灣拍「笑匠」的時候，有一次跟溫大哥在半島酒店喝茶，大哥就說過他到四十歲後會紅到不清不楚，發到自己也不敢置信，不只港、台二隅而已。果然言中。

李：可是，在馮志明早前的《刀劍笑》裡，把您的四大名捕變作是窮兇極惡之徒，老是誤會人，一味好勇鬥狠，又給斫手斫腳的。數人圍攻還勝不了他筆下的主角人物，您不覺得太……太那個了嗎？

溫：那個？我相信老馮已手下留情了。何況編劇也不是他。

李：就算馬榮成後來成立的公司和部份前期作品，箇中情節，也有明顯模仿您的小說橋段，可是他們從沒有作出交代？有沒有徵得您同意？就算他自己不一定多看書，這明顯是馬榮成近期能力無以爲繼的原由，但他手上的編劇可能「偷橋」，他也責無旁貸。更糟糕的是他們看的也不見得是精采的好書，且常以不看書爲榮，真是一種墮落。

溫：在港寫武俠小說的人不算多，一些潛在的影響是在所難免的。

李：可是我們都在笑。

溫：笑？

李：笑在港的漫畫家、影視編劇都喜歡「標榜自己看的是金庸，改編的是古龍，其實是抄溫瑞安的東西」，這豈不成了一種風氣？

溫：（笑）那也是在說我。我也說過：我推崇金庸在武俠小說的成就，但我個人性情和文筆上則喜古龍多些。

王：這是兩種完全不同的境界和層次。您是謙讓、推功。有些人是抄襲、剽竊、在創意上「毀屍滅跡」。您不覺得生氣嗎？

溫：我還活著。我的作品不是你不提、你謾罵就可以摧毀得了的。我經歷過三次風險、四次大敗，我坐過牢，但我依然屹立不倒，作品也越來越好銷。我仍在寫呢！

王：其實不但漫畫受您影響，打開香港電影，您小說中的人物：王小石、蕭秋水、蘇夢枕、劉獨峰、四大名捕……的形象，不斷閃現，但卻偏沒掛您的名字，就連台灣報刊雜誌的標題用語，隨便翻翻就赫然可見您小說題名：「雪在燒」、「請借夫人一用」、「請你動手晚一點」、「殺了你好嗎？」……等的翻版、抄襲、剽竊、濫用，您對此全不反應嗎？

溫：我現在聽了，都覺得很有成就感。

陳：您縱容他們這樣忽視原創者的版權嗎？

溫：比起中國大陸一本書一本書的翻印，明目張膽，甚至爲我寫下集，張冠李戴溫瑞安，這已算輕微、禮貌的了。

王：爲何不採取法律行動？

溫：你怎知道我不會！

王：假如您真不動氣，爲何又曾揚言「如有雷同，實屬抄我」？

溫：那只是一句豪語。

王：您不如揚言，「誰敢抄我，就打官司」！

溫：那是一封戰書。

李：現在劉定堅、馬榮成等都紛紛仿效您的《少年四大名捕》，推出每月、每周一書了，聽說這概念原先是您構想出來的？

．我對善人善，對惡人惡，我習慣以惡制惡，不算學貫中西，但一定惡貫中西．

溫：確是我想出來的，並找到劉定堅議定，而今，劉定堅公司推出自己作品，也名正言順。阿劉是個有魄力的人，而且也很有才幹，這個人反應快，重然諾，可能就是因為太多言敢說，而讓人反感。他在創作上有豐富的經驗，我也希望他能翻身。不錯，他是自傲狂妄，但他驍勇善戰、不虛偽、不矯飾，比起那一幫平時見他坐大時就捧他的場，他勢弱時圍剿他的虛情假義之士，他當然自大狂傲得起！雖然，他批評的事、罵的人、說的論見，我大都不甚贊同，我欣賞的是他的人！事實上，早在一九八八年前後，我有一次跟馬榮成、少傑、何志文等晚膳，也鼓勵過他每月推出一文字小說，後來他也的確實現了這構想。（何立即說：「當時我在場，康姐、應鐘、玉霞都在現場，連翠亨酒樓的何、郭經理讀者都在聽呢！」）

王：可惜，他們寫的不算是小說。

溫：這就見仁見智了。

李：但他們從來不提是您的構想。

溫：誰的構想都一樣，他們是我的朋友（這次似是終於動了點火性了）。我的原則是這樣：人不犯我，我不犯人；人若借我肩膊往上踩，我也樂意借個肩膊給他。人站在巨人的肩膊上，總是看得比巨人遠一些的。可是，你踩上去後還當頭踏一腳，我就一定有能耐把你給甩下來。你故意踩我腳趾，我只好踏著你的尾巴。兵來將擋，水來土掩，多多益善，少少無拘。畢竟，從「美羅十三太保」開始，我闖蕩江湖逾三十五年了。我只怕好人，好人我不懂怎樣回報；惡人？我由小到大，從大馬到台灣，從香港到中國，只抱一個宗旨，對善人善，對惡人惡。我習慣以惡制惡。我不算學貫中西，但肯定惡貫中西。打不還手？罵不還口？除非你還不夠班，否則，別忘了我是寫武俠小說的，我也開過館教過武的！

可是，對待朋友，總是不一樣，應該寬容、諒解，我真要有本領，你擠我不下，你壓我不倒，你打我不過，你唬我不了的！

說實在的，當年自由人諸子要脫離玉郎公司，要辦自己的漫畫，我認為有志氣、爭自由是好事，但我由始至終，均反對離開公司後任何對玉郎的人作出傷感情的批評和攻訐。何必？何苦？畢竟賓主一場，何況黃先生確對香港畫壇培植新秀、開創市場有莫大貢獻，但可能是因為我對漫畫界並無實質、長期參與，沒資格提出意見，我的話，他們聽不進去，嗤之以鼻，那是可以理解的。可是您若真愛朋友，他們聽不入耳的，你總不能不說。八七年後，因得方娥真之勉勵鼓動，並得宋楚瑜、馬英九，還有孫啓明、蔣震，以及文化界葉洪生、陳曉林諸先生之助，我能重返台灣，較少逗留在港，已所知不詳。九一年後，因當時小女友慧慧之故，多在大馬逗留，直至九三年分手，九四年初入中國大陸，北京、上海、廣州、廣西，南上北下，到處遨遊，忙得不亦樂乎，也玩得不亦悅乎，並分別在深圳、澳門、珠海等地建立蝸居、分部，很少過問香港的事。

這段期間他們（漫畫界）發生過甚麼事，出版過甚麼，有甚麼過節，我一概不清楚，縱知道也大抵在回港時聽朋友說的。對於我作品被抄襲或模仿的問題，我想那是有的，但也沒甚麼大不了，那是一種「賞面」。就像我，我也有受古龍的影響，我便一生當古龍爲師，雖然我不一定寫得比古龍好。（李：那您是說寫得比古龍差了？）（白了一眼）我可沒這樣說過（眾笑！），只不過，我從不會不承認我受過影響的前輩和大師，我才不會那麼沒自信，我可把「師父」的「武功」發揚光大呢，又何必「欺師滅祖」那麼見不得光！至於每月出文字書的構想，他們能夠做到，我本來就是鼓勵年輕人去幹的，無所謂抄不抄。說「抄」的，直接而明顯的，倒是我在八七年時提供了台灣萬盛出版社爲我出版的一部《江湖閒話》，內有十數幅鄭問爲我「四大名捕」、「白衣方振眉」、「大俠蕭秋水」、「布衣神相」等系列畫的插圖，我曾交給馬仔、老馮、阿劉、志榮、狄克、李志清，還有好一些人看了。我覺得這個倒給他們極大的影響。所以，他們後來漫畫中的主角人物和筆法，好些都是從鄭問畫我武俠人物例如遊俠納蘭、黑衣我是誰、沈虎禪的造型那兒變化出來的。那是受鄭問影響。變化都在我提供的那本《江湖閒話》之後，這點太明顯，毋庸置疑，但卻是我和我的作品提供的，這是來源，而且對日後香港漫畫影響深遠。董培新、盧延光、徐子雄、李林、林崇漢、林順雄、區晴、孫密德、李男、龍思良、瀠影、劉爲民、戴曉明、沈勇、桑麟康、金傢仿、周克文、王東男、楊宏富、謝志榮、關德輝、長虹、葉浩、吳旭耀、王幼嘉、李永平、司徒劍橋、龐重輝、嚴志超、戇男、狄克、馮志明、洪泓、張放之、譚小燕、朱國強、袁輝、劉赦、蔡展明、王旭易、杜向、陳重宏、雨林、阿森等有三、四十位畫家都畫過我個人或我的武俠人物，有的畫得極高極妙，但影響沒那麼廣遠。（按：此段人物，由**溫**提供資料，**葉浩**補記。）

你們問的問題，這些年來大概超過一百二十幾個人問過我此事的來龍去脈和觀感，我大抵都保持緘默，因爲總覺得自己沒資格評論，既然你問了，這樣也好，我一併答覆了吧。香港漫畫界圈子已那麼狹小，一般而言都打不出香港，更遑論衝出亞洲，進軍世界，頂多才那麼個十萬八萬冊銷路。（**王**：大概還不及您十九歲時寫《四大名捕會京師》的十分之一，而到今天還在加印新版中呢！這個月好像又出了「雲南人民」的新版，裡面還有曹正文的評點推介呢！）這可是你說的。文學類書籍與漫畫書的讀者畢竟有分別的，不過，我還是認爲漫畫界應該團結一致，目光放遠，攜手並進，像過去香港電影一般在外地大放異彩才是，何必搞得如此尖銳、劇烈、水火不容。

王（喝采）：好，這才是溫大俠本色！快人快語！

王（叫好）：精采！這正是當年溫瑞安的氣派！

李（無奈）：我只是「自成一派」，不，我是 **apple pie**。

陳：那您在何時才重出江湖，重振旗鼓呢？

溫：我？九七年時我已在「香港皇冠」以全新面貌進軍，並打算加強中台兩岸攻勢，兵分三路，重拳出擊，新書舊作，交替推出，每一本書內外都要求「靚」得像一個「艷遇」！

陳：我們衷心希望您猛虎躍澗，獅子出窟，登高一呼，名動武林！別老是神龍見首不見尾的了！

溫：你別嚇唬我了。你這一唬，我又退出江湖了。我現在又退隱了，下海了。

陳、**李**：下海？

溫：對，下海。到珠海，建立了個「卜卜齋」。

王（認真地）：為甚麼？

溫：（悠然自得）：沒事。因為巧遇了一個美麗女子，看她一場舞後，容華怎生得忘？便輸掉了香港……就決定到珠海養豬，下海捕魚了。

王、**李**、**陳**（舒了一口氣，笑）：溫大俠又開玩笑了。

何（神神秘秘的笑說）：可能溫大俠說的是真的。

陳、**李**（有點擔心）：真的？不是吧？

溫：我這叫「間歇性無定向喪心病狂失驚無神神神化化神經失調症」——即是「神經病」（眾又為之絕倒，笑得人仰馬翻）。這句是抄周星馳在「家有喜事」中說的，如有雷同，實屬抄襲。

訪問者：李順清　王鳳　陳國陣　葉浩　何包旦
記錄者：夏蝶　白描　依蘭

請續看《骷髏畫》

作者通訊處：香港北角郵箱 54638 號
作者傳真：(852)28115237
溫瑞安相關網頁：
WWW.6fun5.com (六分半堂)
WWW.xiaolou.com (神侯府小樓)
WWW.9sun.net (九陽村溫版)

• 點擊率突破千萬力作！•

燕歌行

梁羽生文學獎、茅盾文學新人獎得主**酒徒**—著

榮獲中國網絡小說排行榜榜首、第二屆「網路文學雙年獎」金獎
阿里巴巴文學網、網易國風文學網、愛奇藝文學網
三大文學網點擊率突破千萬！

跳脫一般穿越故事劇情 改寫歷史穿越小說格局

一個理工宅男怎麼會成為大明光武帝？劉伯溫《燒餅歌》預言究竟有多神準？21世紀的宅男朱大鵬莫名穿越到元朝末年，正值百姓號召起義，他稀里糊塗加入了紅巾軍，成為起義軍首領。想不到最後竟打下一片江山，當上了大明皇帝。歷史上的大明開國皇帝朱元璋竟因此黯然遠走他鄉？這是怎麼回事？

• 錦衣滄狼行，隻手扶大明！•

滄狼行

指雲笑天道—著

作者指雲笑天道特別強調：「本書是歷史，並不是武俠！」
作者以節奏明快的風格敘事，看似有武俠風，
實則是以主角的視線把大家代入明朝這個時代中，
以江湖的形式來反映人性的貪婪與正邪的拉鋸，精彩可期。

隨著明末時局紛擾，民心動盪不安之際，江湖千年未有之大變局，也正緩緩拉開大幕。正與邪的對決中，究竟何者為正？何者為邪？名門正派就一定是正、邪魔外道就一定是壞的嗎？李滄行本是武當山上的修行弟子，憑著努力與天賦，儼然有未來一代宗師的潛力，卻不想捲入師門的權力之爭，遭逢劇變，從此浪跡天涯，成為江湖中傳說的一匹孤狼！從武當的大師兄到鬼見愁的錦衣衛殺手，他到底經歷了什麼事？又背負了多少血海深仇？中原的武林爭霸竟藏著驚人的巨大陰謀？江湖千年未有之大變局，緩緩拉開大幕……

・每個人心中都有一座武林！・

這一代的武林

張小花—著

新一代武林盟主即將登場
誰將是稱霸武林的勝利者？

放膽來踢館，爆笑絕無冷場！人生何處沒有武林！
年度十大作品之一最受歡迎網路作家 **張小花**
讓人崩潰的神來之作！看了立即腦洞大開！

古龍的武林是流星蝴蝶，金庸的武林是笑傲江湖；摸頭殺壁咚是哪一招，這一代的武林搞什麼？沒有很混亂，只有更混亂！一向不學無術亦不學武術的王小軍，雖然掛著鐵掌幫第四順位繼承人的頭銜，卻從來沒想到有一天他也會涉入江湖。當黑虎門的胡泰來前來鐵掌幫討教武功，以及離家出走的千金小姐唐思思誤以為「鐵掌幫」是特色旅館前來投宿時，事情就開始複雜了起來。更離奇的是，竟然還有客戶上門拜託出任務，這究竟是怎麼一回事？

・今穿古不稀奇，古穿今太驚奇！・

史上第一混亂

張小花—著

年度最受歡迎網路怪才作家張小花另一絕倒眾人、
腦力大開的爆笑經典小說！
作者發誓亂不驚人死不休，混到極致亂到崩潰的
神穿越搞笑劇混亂上演，徹底顛覆傳統穿越小說！

只因閻羅大王的一個不小心的失誤，讓一個個在歷史上稱王稱霸的人物跨越千古時空，反向穿越到現代，這些不同朝代的人彼此關係錯綜複雜，到底能多混亂？又會搞出什麼笑料？前世為了爭奪天下成死對頭的項羽和劉邦前後腳來到現代，仇人相見分外眼紅，他們的心結該如何打開？行刺秦始皇失敗的荊軻，兩人在今世重逢，竟能盡釋前嫌、和平共處一室？逆時空穿越，古人也跳Tone！徹底顛覆你的歷史知識！

【武俠經典新版】四大名捕系列

四大名捕走龍蛇（四）開謝花 大結局

作者：溫瑞安
發行人：陳曉林
出版所：風雲時代出版股份有限公司
地址：10576台北市民生東路五段178號7樓之3
電話：(02) 2756-0949
傳真：(02) 2765-3799
執行主編：劉宇青
美術設計：許惠芳
行銷企劃：林安莉
業務總監：張瑋鳳

初版日期：2021年4月新版一刷
版權授權：溫瑞安
ISBN：978-986-352-936-1
風雲書網：http://www.eastbooks.com.tw
官方部落格：http://eastbooks.pixnet.net/blog
Facebook：http://www.facebook.com/h7560949
E-mail：h7560949@ms15.hinet.net
劃撥帳號：12043291
戶名：風雲時代出版股份有限公司
風雲發行所：33373桃園市龜山區公西村2鄰復興街304巷96號
電話：(03) 318-1378
傳真：(03) 318-1378
法律顧問：永然法律事務所 李永然律師
北辰著作權事務所 蕭雄淋律師
行政院新聞局局版台業字第3595號 營利事業統一編號22759935
©2021 by Storm & Stress Publishing Co.Printed in Taiwan
◎ 如有缺頁或裝訂錯誤，請退回本社更換

定價：270元 **版權所有 翻印必究**

國家圖書館出版品預行編目資料

四大名捕走龍蛇（四）／溫瑞安 著. -- 臺北市：風雲時代，2021.02- 冊；公分

ISBN 978-986-352-936-1（第4冊：平裝）

1.武俠小說

857.9 109019977